川 端 康 成

作品精选

魏大海 主编

美丽与哀愁

うつくしさとかなしみと

[日] 川端康成 著

高慧勤 译

青岛出版集团 | 青岛出版社

图书在版编目（CIP）数据

美丽与哀愁 /（日）川端康成著；高慧勤译. -- 青
岛：青岛出版社，2023.1
（川端康成作品精选 / 魏大海主编）
ISBN 978-7-5736-0587-0

Ⅰ.①美… Ⅱ.①川…②高… Ⅲ.①长篇小说—日
本—现代Ⅳ.①I313.45

中国版本图书馆CIP数据核字（2022）第232634号

丛 书 名	川端康成作品精选
丛书主编	魏大海
本册书名	MEILI YU AICHOU 美丽与哀愁
著 者	[日]川端康成
译 者	高慧勤
出版发行	青岛出版社
社 址	青岛市崂山区海尔路182号（266061）
本社网址	http://www.qdpub.com
邮购电话	0532-68068091
策 划	杨成舜 王 伟
责任编辑	曹红星
装帧设计	今亮后声·核漫
封面插画	尔凡文化·秦国栋
照 排	青岛新华出版照排有限公司
印 刷	青岛双星华信印刷有限公司
出版日期	2023年1月第1版 2023年1月第1次印刷
开 本	32开（889 mm×1194 mm）
印 张	7.25
字 数	150千
印 数	1—6000
书 号	ISBN 978-7-5736-0587-0
定 价	45.00元

编校印装质量、盗版监督服务电话：4006532017 0532-68068050
上架建议：日本文学·小说·畅销

译序

1968 年 12 月 10 日，瑞典学院常务理事安德斯·奥斯特林发表诺贝尔文学奖颁奖词：

——本年度诺贝尔文学奖的获奖者是日本的川端康成先生。

——川端康成先生的叙事笔调中，有一种纤巧细腻的诗意。溯其渊源，出自 11 世纪日本的紫式部所描绘的包罗万象的生活场景和风俗画面。

——川端康成先生以擅长观察女性心理而备受赞赏。……我们可以发现其辉煌而卓越的才能、细腻而敏锐的观察力、巧妙而神奇的编织故事的能力，描写技巧在某些方面胜出了欧洲文坛。

——川端先生的获奖有两点重要意义：其一，川端以卓越的艺术手法，表达了具有道德伦理价值的文化思想；其二，川端先生在架设东方与西方之间的精神桥梁上做出了贡献。

——这份奖状旨在表彰其以敏锐的感受性和高超的叙事技巧表现了日本人的心灵精髓。

目前，国内文坛掀起了新一轮"川端康成热"。译序开篇，先介绍日本著名作家和文学理论家对川端的评价。

评论家伊藤整认为，将丑转化为美乃是川端作品的一大特性。"残忍的直视看穿了丑的本质，最后必然抓住一片澄澈的美，必须向着丑恶复仇"，这是川端的"力量所在"。川端康成的两种特质有时会"在一种表现中重叠"，有时会获得更大的成功。伊藤整说："在批评家眼中，二者的对立无法调和，却可通过奇妙的融合使二者有机地结为一体。……唯有川端拥有那种无与伦比的能力，抵达真与美的交错点。"伊藤整又说"由此可见这位最爱东方经典的作家的心路历程"。川端康成在文学史上的意义在于，一方面他是"在马克思主义与现代主义对立、交流中"获得成功的批评家，另一方面"他又脱离了当时的政治文学和娱乐文学两方面，继承并拯救了大正文坛创发的体现人性的文学"。

三岛由纪夫则将川端称作"温情义侠"，说他从不强买强卖推销善意，对他人不提任何忠告，只是让人感受"达人"般"孤独"的"自由自在的生活方式"。同时，川端的人生全部是在"旅行"，他也被称作"永远的旅人"。川端的文学也反映出川端的人生态度。三岛由纪夫对川端的高度评价是，近代作家中唯川端康成一人"可体味中世文学隐藏的韵味，即一种绝望、终结、神秘以及淡淡的情色，他完全将之融入了自己的血液"。三岛说"温情义侠"川端与伪善无缘。普通人很难达到此般"达人"的境界。川端重视人与人之间的和谐，与世无争且善于社交，所以他还被称作"文坛的总理大臣"。

著名文学史评论家中村光夫则说，横光利一体现的是"阳"，属于"男性文学"，其文学的内在戏剧性在《机械》中明显表征为"男性同志的决斗"；而川端康成体现的则是"阴"，属于"女性文学"。在某种意义上，横光具有积极的"进取性"，终生在不毛之地进行着艰苦的努力，"有人说他迷失在了自己的文学里"；相比之下，川端学习了"软体动物的生存智慧"，看似随波逐流，却成功地把"流动力"降到最低限度。中村光夫认为，川端康成作为批评家亦属一流，因此总能看透文坛动向的实质，继而在面对时代潮流时显现为一种逃避的态度，实际上却尤为切实地耕耘着自己脚下的土地。

如上十分精辟的评价，为我们描摹了一幅顶级作家的画像。下面我简单梳理一下川端康成的创作经历。1932年，川端以自己过往痛苦的失恋经历为题材，在《中央公论》上发表了《抒情歌》。1933年2月，《伊豆舞女》初次被拍成了电影（五所平之助导演）。同年9月10日，川端的画家好友古贺春江过世。同年10月，与小林秀雄、武田麟太郎、深田久弥、宇野浩二、广津和郎等一起成为《文学界》在文化公论社的创刊同人，旨在推动文艺复兴。后来《文学界》同人中又增加了横光利一、里见弴等。在暗郁的时代风潮和大众文学的泛滥中，他要维护纯文学的自由与权威并推动其发展。同年12月，川端在《文艺》杂志上发表了他的随笔《临终之眼》。这个时期川端作品的主题跟芥川龙之介的认知相关。芥川在其遗书中写道："'临终之眼'亦即死的念头始终萦绕于心。"川端康成在《临终之眼》中写道："我要把人妖魔化，却并未玩弄'奇术'。我描绘的是心中的叹息和战斗的现场。人们将之称作什么，我无从得知。"

1934年6月初，川端访新潟县南鱼沼郡的汤泽町，之后再访高半旅馆幽会十九岁的艺伎松荣，并以此为契机执笔连载小说《雪国》。1935年1月开始在几个杂志上连载《雪国》。同月芥川奖和直木奖创设，川端康成和横光利一同担任"芥川奖"评委。1936年1月至5月五次到越后汤泽，继续《雪国》的创作。1947年10月在《小说新潮》上发表《续雪国》，历时十三年终于完成了《雪国》的创作。

1948年5月，开始刊行《川端康成全集》（全十六卷），在各卷的"后记"中川端开始回顾自己五十年的人生（1970年将这些"后记"结集为《独影自命》刊行）。也是5月，他以中学时代的日记为素材，连载回顾过去的小说《少年》。同年6月，川端继志贺直哉之后就任日本笔会第四任会长。11月旁听了东京审判的判决。1949年5月，开始断续发表其战后代表作之一的《千鹤》；同年9月开始陆续发表《山音》各章。后者描写战后的一家人，留有色彩浓重的战争伤痕。有观点称，《山音》是日本战后文学的巅峰之作。从这一时期开始，川端的创作活动十分充实，这是他进入作家生涯的第二个多产期。同月，在意大利威尼斯国际笔会第二十一届大会上，川端作为日本笔会会长致辞——《和平没有国境线》。

1954年3月就任新设立的新潮社文学奖评委；4月在筑摩书房出版了单行本《山音》，之后据此获得了第七届野间文艺奖。从《山音》发行的同年1月开始，川端在《新潮》杂志上连载了长篇小说《湖》。这部作品备受瞩目，理由是采用了新颖的超现实手法进行心理描写，展示了"魔界"意象，有观点称这部实验性作品衔接之前创作的《水晶幻想》和之后的《睡美人》。从同年5月开始，《中部日本新闻》等开始连载《东京人》。这是川端唯一的超长篇小说，上下两卷约八十万字。从1956年1月起，《川端康成选集》（全十卷）由新潮社发行。

川端康成也是日本"新感觉派"文学的代表作家，20世纪初与横光利一联袂创刊《文艺时代》杂志，借鉴西方的先锋派文学，创立了日本的"新感觉派"文学。在欧洲达达主义的影响下，在以"艺术革命"为指向的前卫运动的触发下，《文艺时代》成为昭和文学的两大潮流之一（另一潮流是同年6月由无产阶级文学同人创刊的《文艺战线》）。但在日本文坛，"新感觉派"文学只是一个短暂的文学现象。后期川端作品更多体现的是日本式的唯美主义特征，小说富于诗性、抒情性，也有庶民性色彩浓重的作品，且川端有"魔术师"之谓，即衍化、发展了少女小说等样式。后期川端的许多作品追求死与流转中的"日本美"，有些将传统的连歌融合前卫性，逐渐确立起融合传统美、魔界、幽玄和妖美的艺术观和世界观。他默然凝视，对人间的丑恶、无情、孤独与绝望有透彻的认识，在此基础上不懈探究美与爱的转换，将诸多名作留在了文学史上。当然，川端康成后期的创作与"新感觉派"式的创作方法和文学理念并非全无瓜葛。

1930年，川端康成加入由中村武罗夫等人组成的"十三人俱乐部"，俱乐部成员自称"艺术派十字军"。同年11月，他在《文学时代》上发表《针与玻璃与雾》，受乔伊斯影响，采用了新心理主义的"意识流"手法。1931年1月，他在《改造》杂志上发表采用相同手法的《水晶幻想》，灵活运用了时间、空间无限定的多元化表现，体现了实验性作品应有的高度。

以上川端的经历并非依照正常的时序，而是想到了便信手拈来。1914年5月25日凌晨2时，与川端康成相依为命的祖父逝世。高慧勤主编的"十卷本"序中，对此有过精到的解读。祖父有志于中国的风水学和中药研究，却未能实现在世间推广的志向。祖父的喜好与过世，对川端的性格形成乃至文学特征都有影响。《十六岁的日记》写于祖父患病卧床期间，其定定看人（默然凝视）的习惯，据说亦与常年伴随因白内障失明的祖父生活相关。

下面该说说本"精选集"中选录的重要作品。

川端康成最重要的作品自然是《雪国》，它也被称作昭和时期日本文学代表性的长篇小说之一。作品主人公是名叫岛村的中年男子，他离开妻子所在的东京，去长长隧道的另一侧的雪国温泉村，并遇见了艺伎驹子。故事情节的展开，历来被认为是一种所谓"异界"（如"桃源乡""幽界""日本的故乡"等）探访的故事。但雪国温泉村并非是与东京隔离的异乡，而是同样具有近代侧面的去处，驹子毕竟是现实中的女性。不如说川端康成是以"非现实"的唯美手法把握了雪国温泉村、驹子和叶子等。《雪国》的重要特征在于叙事与表现的特殊关系。故事序章中川端以"电影重叠"的手法展现了火车玻璃窗上的叶子映象，结尾则描述了"电影胶卷"引发的雪中火灾。总之，与电影的密切关联，据说在"日本的""传统的"印象中凸显了现代主义的侧面。

精选集中另一部名作《睡美人》，被三岛由纪夫称作"颓废文学的逸品"。这部川端文学后期代表性的中篇小说关注的是老年人的生理与心理状态，绝非海淫海盗之作。

日本学者原田桂关于《湖》的解读具有启示性。她说，值得一提的是，现行版通过截断、删除末尾到开头的圆环，使主人公面对的问题无法通过闭环时间轴得到解决，而刻意通过作者之手形成未完的状态，使读者一同置身于永无终止的深渊。这种深渊正是解读"孤儿根性""万物一如"的川端文学的主题——魔界——的一个路径。

短篇名作《伊豆舞女》最初发表在《文艺时代》1926年1月、2月号上。当初并未引起巨大反响，后来却六次被拍成电影，作者也说是自己"特别喜爱的作品"。该作的情节、手法相对简单，被称作"20世纪日本代表性的青春爱情小说"。

前面提到，《山音》是川端康成非常特异的作品。评论家山本健吉称该作是"战后文学最高杰作之一、川端文学的最高峰"。正如一些研究者反复强调的那样，《山音》也是一部平静的"再生"物语。毫无疑问，与《睡美人》一样，《山音》着意表现的也是特殊背景下老年男性面对衰颓和死亡的心理以及情感状态。

纳入本精选集中的《千鹤》和《舞姬》，亦为战后的长篇小说，分别以茶道和芭蕾舞这种对照性的技艺为主题，描写了战争和战败带来的父权及家庭的瓦解，或者说是战前即已显露端倪的瓦解状态的表面化。与《雪国》的文体有所差异的是，《千鹤》充满了对四季风景和人物举止的详尽描写，对人物的心理、行为的洞察亦细腻超凡。茶具、痦子、雪子包袱皮上的千鹤图案等，各种元素都具象征性。有人说可以感知到古典名著《源氏物语》的影响及"二人合一"的"二重体女像"设置。另外《千鹤》还有名为《碧波千鸟》的续篇，该作品从1953年4月到12月连载于《小说新潮》上。怎样把握《千鹤》与《碧波千鸟》的关系，一直有很大的争议。

据川端称，《舞姬》也是未完之作。文体上与《千鹤》不同的是，《舞姬》深入到了复数人物的精神世界。三岛由纪夫曾指出，关注川端的人们需反复阅读的作品应该包括《抒情歌》（《中央公论》1932年2月）。这部小说具有神秘性，作品中人物向着已为故人的"你"诉说。川端认为佛经之类也是可贵的抒情诗。而作为诺贝尔文学奖参评作品之一的《古都》，则是川端最后的报载小说。《古都》写了一对孪生姊妹的命运及悲欢离合。小说开篇写到寄生于老枫树上的两株紫花地丁。两株花分别长在老树两个相隔不远的树洞中，象征了双胞胎姐妹的命运：一个是苗子，留在山中含辛茹苦；另一个是千重子，是养父母的掌上明珠。两人都是善良、优美、纯洁的少女。《古都》的情节相对简单。战后的《彩虹几度》，也是将京都作为故事的主要舞台。

另一部特异的作品《名人》（《后记·吴清源棋谈·名人》，1954年）经十六年加工修改完成，跨越战时和战后岁月，也是堪与《雪国》相提并论的代表作。1938年，本因坊秀哉"名人"与木谷实"七段"（作品中为大竹"七段"）对弈，后川端以《本因坊名人引退围棋观战记》为题，连载作品于《东京日日新闻》和《大阪每日新闻》（1938年7月23日到12月28日）。其后，川端康成强烈"希望有机会将之改写为小说"（《独影自命》），后经中断、分期连载、加工和修改，完成了现在的《名人》。这部作品有四十一章和四十七章两个版本。本精选集采用的是四十七章的版本。最后，在此次面世的《川端康成作品精选》中，第九卷是短篇小说集，收录的重要作品有《少年》《十六岁的日记》《招魂祭一景》《女人的梦》等，第十卷为评论随笔集，收录《文学自传》《秋山居》《日本的美与我》《新感觉派》《新进作家的新倾向解说》等重要文章。

1968年10月17日，川端康成获诺贝尔文学奖。许多读者关心，应当如何看待他与日本第二位诺贝尔文学奖获得者大江健三郎的差异。两者的差异在于，川端康成的文学感受性是出类拔萃的。

1968年12月10日，川端康成身着和服正装，佩戴文化勋章，出席了在斯德哥尔摩音乐厅举行的诺贝尔奖颁奖仪式。第三天即12日下午两点10分，在瑞典学院，川端身着西装用日文作了获奖纪念演说《日本的美与我》。演说中，川端引用了道元、明惠、西行、良宽、一休的和歌诗句，配英语同声传译。川端康成的人生轨迹跨越二战前后，反映了那个时代。那些独白式的和歌作品，本身并未被时代的思想和世态左右，展现了作家自身的艺术观和澄澈的诗性。

关于川端康成的自杀，有如下几种说法。

1.殉身于日本行将破灭的"物哀"美学的世界。

战败后，川端决意"回到日本古来的悲哀之中"。在其诺贝尔文学奖获奖致辞《日本的美与我》中，他讲述了自己传承的古代日本人的心性，体现了日本人心性的"物哀"的世界，倘在历史的必然中行将为近代世界所取代，自己便唯有殉身于那个行将灭亡的世界。在自杀当年发表的随笔《犹若梦幻》中也有诗曰："朋友的生命皆已消亡，苟且偷生的我是火中莲花。"

2.好友三岛由纪夫的剖腹自杀（三岛事件）使之受到巨大冲击。

川端说："三岛君的死令我怀念横光君。两位天才作家的悲剧和思想并不相似。横光君是我同年的不二师友，三岛君是我年少的不二师友，我还会有活着的不二师友吗?"三岛的死给川端带来强烈的心灵冲击。两人关系密切，正是川端发掘了三岛的才能并给予高度的评价。二者的连接点还在于"宏观上否定战后的根本性精神构造"，且二者皆为"夭折的美学"所吸引。所以，川端没选择谷崎润一郎和志贺直哉那种"享受作家退休金"的寿终正寝的结局。

3.对老丑的恐惧。卧床不起、生活无法自理的祖父三八郎临终前的状况留给川端的深刻记忆，便是十分具体的老丑恐惧。他护理祖父的经历写在短篇《十六岁的日记》中。

4.另有一个推测性假说，与川端喜欢的一个女性助手（鹿泽缝子）相关。臼井吉见在其小说《事故的始末》（筑摩书房，1977年）中提出了相关见解。据小谷野敦说，川端希望将之收为养女。另外，据2012年尝试接触鹿泽缝子本人的森本获所言，缝子拒绝面谈，但通过丈夫表达了如下意见：那部小说中的女性与她无关，唯一可以说的是，她不知道川端先生是否钟情于她。但缝子在川端死后又曾对养父坦白："我想先生自杀的原因在我。"森本获通过综合性考证，认为这个假说是事实。

5.获得诺贝尔文学奖后，小说创作停滞，创造力枯竭。获奖带来的是忙碌和负担。川端在获奖后曾说："获奖非常光荣，但对于作家，名誉反而成为重负抑或妨碍，甚至令其萎缩。"

6.身体状况不好，加之立野信之、志贺直哉、亲密的表哥秋冈义爱的死，令其意志消沉，一时间着魔犯错。

7.事故说。川端比之前更加依赖于安眠药，死亡时有安眠药（海米那）中毒的症状。川端任日本笔会会长时信赖的副会长芹泽光治良在追悼记《川端康成之死》中否认他是自杀。

编选《川端康成作品精选》时，我重读了高慧勤先生早年的《川端康成十卷集》译序。洋洋洒洒两万余字的鉴赏文，深入、细腻，充满感性体悟和理性剖析，绝非四平八稳的"川端康成论"可比拟，同时萃聚了充溢的知识性和灵动的文艺性，纯然是一篇文字优美、分析到位、感情充盈的散文名作。这里作为结语引用一段，以飨读者。

川端康成是一位难以把握的作家。他创造的艺术世界，意蕴朦胧，情境飘忽，令人颇有些费解。倘说他是美的追求者，作品却时时表现美的毁灭，美与死亡常常结下不解之缘；倘说他是女性的膜拜者，有时又不那么热切，甚至还投去冷漠的一瞥；倘说他是官能的崇尚者，却只是发乎情而止乎憧憬，还以遐想的成分居多。在纷繁的人世，他是孤独的、悲哀的。在他构筑的艺术殿堂里，你看到的是一幅幅忧伤的浮世绘。浮世绘是江户时代（1603—1867）的市民艺术。"浮世"二字原初写作"忧世"，意谓"世道多忧"，系佛家用语。后来才转指无常、虚幻而短暂的现世。所以浮世绘表现的，大多为市民阶层的世态风俗和现世欢情。画师们以新鲜的感觉，观照自然人生，率真地表现主观意象。那春愁撩乱的痴男怨女，那揽镜自怜的青楼艺妓；雨夜里啼月的杜鹃，暮色中积雪的山径；春日的飞花，秋天的落叶……构成一片清幽淡雅的世界；那色彩，绚丽中带些枯涩，明艳中流露出哀伤，点染出一派十足的日本风情。

在这套精美的《川端康成作品精选》面世之际，谨对恩师高慧勤先生表达敬意和缅怀。高慧勤先生2000年主编、翻译的《川端康成十卷集》（河北教育出版社）是国内迄今为止不可多得的一套川端康成精选集。"十卷集"的译者除了高慧勤先生本人，还有当时中国日本文学研究界的前辈李芒先生、刘振瀛先生、李德纯先生、文洁若先生、金中先生和赵德远先生等，谨向各位前辈表示敬意。当然也有一些同辈中的佼佼者，如谭晶华先生和林少华先生等。我和侯为先生当时承担了"十卷集"中的第十卷（川端康成的评论和随笔）的翻译。此次，青岛出版社的《川端康成作品精选》也参照了高慧勤主编的《川端康成十卷集》，沿用部分译作。

魏大海

2022年10月9日于燕郊

目录

除夕钟声

　　东海道线特快列车"鸽子号"的观光车厢里，有一侧的窗旁，摆了五把转椅。大木年雄发现，只有尽头的一把，随着列车的震动，径自悄没声儿地转悠。大木一直盯着，眼睛始终没离开。他坐的这一侧，椅子扶手低，不能动，当然也转不了。

　　车厢里只有大木一人。他身子深深埋在扶手椅里，瞧着对面的一把转椅转来转去。椅子不是按一个方向转，转的速度也没个准儿，一会儿快一会儿慢，时而停下来不动，时而又朝反方向转去。总之，大木独自在车厢里，望着面前的一把转椅独自转来转去，不禁引发心头的寂寞，以至遐想连连。

　　时值腊月二十九。大木是专程去京都听除夕钟声的。

每年的大年夜，大木都听收音机里的除夕钟声，这习惯也不知有几年了。自打几年前这个节目开播以来，恐怕他年年都听，未曾间断过。日本各地有名的古刹钟声，一般都会配以播音员的旁白解说，广播于辞旧迎新之际。所以，播音员的话语往往也是用美词丽句来感叹颂赞。古老的梵钟，间隔着撞响；钟声徐缓地传来，袅袅的余音蕴含着对时光流转的追思，透露出日本自古以来那幽雅的情趣。北国寺院的钟声一响，各地的钟声也随即响起，而每年除夕，总是以京都各寺的钟声殿后。京都寺院众多，有时收音机里会数寺钟声并起，交相争鸣。

　　播放除夕钟声的时刻，尽管妻子和女儿还在忙碌，或在厨房准备正月的菜肴，或是收拾东西，或是打点衣物，或是布置插花，大木却总是坐在起居室里听收音机，随着除夕的钟声，不禁回想起即将逝去的一年而颇多感慨。那感慨因年而异，有时激越；有时痛苦；有时也会因悔恨和悲痛而自责。播音员的话语和声调带着感伤，有时虽让人反感，但钟声却打动了他的心弦。几时能在京都过除夕，不必通过收音机，亲耳听听各处的古刹钟声，是他心驰神往已久的事。

　　于是，今年岁暮，他遽然决然，作京都之行。而且私心里还萌生一个念头：同家住京都的上野音子久别重逢，共听除夕之钟。音子搬到京都之后，与大木几乎音讯杳然。不过，音子作为日本画画家时下俨然自成一家，似乎依旧独自生活。

　　因为是一时心血来潮，再说事先定下日子预购车票，也不合大木的脾气，所以，大木没买快车票便从横滨上了"鸽子号"观光车。大木心想，年终岁暮，东海道线也许很挤，但与观光车里的老服务员颇熟，总能设法给找个座位。

"鸽子号"午后由东京发车，经过横滨，傍晚到达京都；回来也是午后由大阪发车，经过京都，对惯于晚起的大木比较合适。因此，往返京都，大木经常乘坐"鸽子号"，二等车厢里的女服务员也大多都认识大木。

一上车，没料到二等车厢格外空。或许是岁尾乘客少的缘故，到了三十该又挤起来了吧。

大木凝望着那把自动旋转的椅子，无意中沉入关于"命运"的思绪里。这时那位老服务员送茶来了。

"只有我一个人吗?"大木问。

"哎，有五六位。"

"元旦挤不挤?"

"不挤，元旦很空。您元旦回去?"

"是啊，元旦得回去……"

"那我先给您安排好。元旦我不值班……"

"拜托了。"

老服务员走后，大木四处打量了一下，车厢尽头那把靠椅脚下，放着两只白皮箱。箱体四四方方，略微薄些，款式新颖，白皮面上带有浅茶色的斑点。椅座上还搁了一只豹皮制的大手提包。物主大概是美国人吧，好像到餐车去了。

窗外，杂木林在暖融融的浓雾中逝去。浓雾之上，远处的白云间，闪耀着一缕微光，仿佛是从地面映射上去的。随着列车奔驰，天气逐渐晴朗。阳光从车窗射进来，一直照到地板上。车过松山，地上散落着一片松叶。有一丛竹林，叶子已经枯黄。波光闪闪，拍打着黑色的海角。

从餐车回来的，是两对中年美国夫妇，等列车驶过沼津，望得见富士山的时候，便立在窗旁频频拍照。可是，待到整个山容连同山脚都一览无余时，他们反而背对着车窗，许是拍照拍累了吧。

冬天日短，河面上泛着凝重的银灰色的光，大木目送着河水远去。一抬头，正对着落日。不大一会儿，从黑云的弓形云隙中，冷冷地漏出白色的余晖，久久不见消失。车厢内，早已点上了灯，不知什么缘故，转椅全都转了半圈。但是，一直转个不停的，依旧只有尽头的那一把。

到了京都，直奔京城饭店。大木心里寻思，说不定音子会到饭店来，便要了一间安静些的房间。电梯似乎上到六七层，但因饭店是盖在东山的陡坡上，顺着长廊往里走，直到尽头还是一层。沿走廊的各个房间都鸦雀无声，许是压根儿没住客。可是，过了十点钟，两边的房间响起了外国人的声音，忽然间嘈杂起来。大木去问值班的服务员。

"有两家人，光小孩子就有十二个。"服务员回答说。十二个孩子不仅在房间里大声说话，还在彼此的房间里窜来窜去，在走廊上乱跑乱闹。空房间本来很多，为什么偏叫大木受这份夹板罪，两边安排这样吵闹的客人呢？不过，大木转念一想，好在是孩子，待会儿就会睡的，开头还不以为意。然而，恐怕是出来旅行，让小孩子也兴奋难眠，总也静不下来。尤其在走廊上跑来跑去的脚步声，十分刺耳。大木干脆从床上爬起来。

并且，两边房间里外国话的絮聒，反使大木感到孤寂。"鸽子号"观光车厢里的那把独自旋转的转椅，又浮上他的脑海。大木觉得好似看到它内心的孤独，在无声地回旋。

大木是为听除夕钟声，与上野音子相会才来京都的。可是，音子与除夕钟声，究竟哪一个是主要的，哪一个是附带的呢？他要再推究一下。除夕钟声那是准能听到的，可音子，却未必能见到。那准能办到的，不过借口而已，未必能行的，岂不是他衷心企盼的？大木是想与音子同听除夕钟声而来京都的。原以为这不难办到，会如愿以偿才动身。然而，大木与音子之间，却横亘着一段漫长的岁月。虽说音子至今未嫁，一直独身，但她肯不肯同昔日情人相会，能否把她约出来，其实大木自己又哪里知道？

"不，她那个人……"大木喃喃自语。"她"会变得怎样？眼下如何？这终非大木所能知道的。

音子好像租了寺院的厢房，与女弟子一起生活。大木曾看到一本美术杂志上登的照片，那厢房似乎不止一两间，倒像是一户人家，当画室的客厅也挺宽敞。院子里也颇有情致。她人的姿势是正握着笔，低头作画，但从前额到鼻梁的线条来看，错不了，准是音子。人到中年却还没有发福，风韵犹存。这幅照片使大木感到，还未及回忆往日的温馨，已先自有一股逼人之气——责备大木剥夺了她为人妻做人母的权利。当然，这种逼迫感，在看到杂志上这张照片的人中，唯有大木才会有。与音子关系不深的人眼里，或许她只是一个搬到京都、具有京都风致的漂亮女画家罢了。

大木原想二十九日晚上免了，第二天三十日，再给音子打电话，或径自去她家造访。但是，早上给外国孩子吵醒后，他又畏缩起来，游移不决。心想，还是先写封信吧，便坐到桌前。可提起笔来，竟不知如何开头才好。望着客房备下的便笺仍是一张白纸，转念又觉得，不见音子也罢，独自听过除夕钟声便回去。

两边房间里的孩子，老早就把大木吵醒了，等两家外国人离开之后，他又睡了下去，起来时已快十一点了。

大木慢慢地打领带，不禁想起音子说话时的情景。

"我给你打。让我来……"

——这是十六岁少女被夺走童贞之后的头一句话。大木还一直没有开口，他无话可说，只是温柔地将她的背搂过来，轻抚她的秀发，始终不做一声。音子从他臂膀中挣脱出来，先穿戴好。大木站起身后，音子一动不动，抬头看着他穿衬衫，打领带。一双眸子温润而没有泪水，却晶莹发亮。大木躲着她那双美目。方才接吻时，音子也睁着眸子，大木把嘴凑上去，让她两眼闭拢。

音子说，我给你打领带，声音透着少女的妩媚。大木放下了一颗心。这倒真是意想不到。与其说是音子宽宥大木的表示，还不如说是要摆脱眼前的自己。她的手打着领带，动作轻柔。似乎打得不顺手。

"会打吗？"大木问。

"我想会的。我看过爸爸打领带。"

音子的父亲，在她十二岁那年去世了。

大木坐到椅上，把音子抱到腿上，扬起下巴，让她好打些。音子略微挺胸，有两三次刚打好又解开。然后说：

"得，宝贝儿，好了。这样行吗？"说着，从大木腿上下来，手指搁在大木的右肩上，端详着领带。大木站起来，走到镜子前面。领带打得相当好。他用手掌使劲搓了搓带些油腻的脸。他没脸去瞧侵犯了少女之后的自己。镜子里，映出少女的面庞，正朝这边走来。她那清新妩媚而又楚楚可怜的美丽，令大木一凛。那是这种场合难得见到的美，大木为之惊讶。一回头，少女已把一只手搁在了大木的肩上。

"我喜欢你。"说完这么一句，音子便将脸轻轻靠在大木的胸前。

十六岁的少女喊三十一岁的男人为"宝贝儿"，大木觉得妙不可言。

——尔后二十四年过去了。大木已经五十五，音子也有四十了。

大木洗过澡，打开房里的收音机，广播说今早京都已经结冰，并预报今冬天暖，正月里天气也会是温暖的。

大木在房间里只吃了一点吐司，喝了一杯咖啡，便乘车出去了。今天依旧下不了决心去看音子。他茫无头绪，便决定到岚山转转。由车里看出去，从北山到西山，一座座小山连绵起伏，有的向阳，有的背阴，山容虽总那么柔和浑圆，却显出京都冬天特有的清寒。向阳的山上，日色惨淡，看似已近黄昏。大木在渡月桥前下了车，没过桥，顺着河边的路向上走去，路通到龟山公园的山脚。

　　由春到秋，游人如织，热闹喧腾的岚山，到了岁末的三十这天，竟然杳无人踪，与平日的情景大不相同。仪态清幽，呈现出岚山的本色。潭水一碧清澄。筏上的木材，装到河畔卡车上的声音，远远地传了开去。朝河的这边，一般所见到的岚山的正面，恰是山阴，山势向河的上游倾斜，只在山脊上尚有一线余晖。

　　大木打算一个人在岚山静静地吃顿午饭。以前来过的餐馆有两家，然而，离渡月桥较近的那家关门休息了。大年三十，该不会有客人跑到冷清萧索的岚山来吧？大木心里嘀咕，河上游那家小小的老店，恐怕也不会开门吧？一边慢慢地走着，倒不是非要在岚山吃饭不可。等他登上古旧的石阶，一个瘦小的女人说，家里人全进城去了。

　　"都不在。"回绝了他。竹笋上市时节，曾在这家店里吃过圆笋片煮鲣鱼干，那是几年前的事了。大木回到河边的路上，又登上通向隔壁一家店的石阶，看见一位老婆婆正在扫枯落的红叶。"店大概还开着吧。"老婆婆回答道。大木站在她身边说:"真静啊。"老婆婆便说:"连对岸的人声都听得清楚着哪。"

那家餐馆宛如掩藏在半山腰的树丛里,屋顶上覆盖着厚厚的茅草,又潮又旧,门口有些昏暗。倒也不是什么正经的门,门前挡着一丛竹子。隔着茅屋顶,耸立着四五株端直的红松。大木给请进房间里,好像没什么客人。玻璃拉门前,红的是珊瑚木的果。大木看到一朵开得不当令的杜鹃。珊瑚木,竹丛,还有红松,虽说挡住了河上的风光,但叶隙露出的深潭,澄澈深沉得如碧玉翡翠一般,水面纹丝不动。整个岚山一带,也宁静似水。

大木将两肘支在炭火很旺的暖笼上,听到小鸟的鸣啭,卡车装木材的声音,在山谷里回荡。不知是出山洞还是钻山洞,山阴的汽笛声响彻群山,留下凄厉的余韵。大木想起初生婴儿孱弱的哭声。

——十七岁的音子怀上大木的孩子,到八个月便早产了,是个女孩儿。

婴儿眼看保不住了,就没抱到音子身边去,死时,医生说:"等产妇恢复一些后,再告诉她的好。"

音子的母亲于是说:

"大木先生,还是请你告诉她吧。我女儿她也还是个孩子,好不容易生下来,实在怪可怜的,只怕我不等开口就会先哭起来。"

音子母亲对大木的气愤和怨恨,因女儿生产,暂时压下去。就算大木是个有妻室的人，音子既然给他生了孩子，这位独生女儿的寡母，恐怕已没那气力，一直去责备对方，怨恨对方了。比要强的音子还要强的母亲，好像忽然之间人就垮了似的。瞒着别人偷偷生育，连生下的孩子如何处置，不都得听大木的吗？再说，怀孕期间，音子脾气暴躁，母亲一说大木的坏话，就寻死觅活吓唬人。

大木回到病房，音子转过产妇那种无怨无恨、安详清澄的眸子，大颗大颗的泪珠随即涌出，顺着眼角流下来，弄湿了枕头。大木心想，准是给她察觉到了。音子的眼泪止不住地往外涌。流成两三条，有一条快流进耳朵里，大木慌忙想去揩掉。音子抓住他那只手，这才抽抽搭搭放声哭了出来。仿佛冲破的水闸，抽泣得越发厉害了。

"死了，是吗？婴儿死了，死掉了！"

她肝肠寸断，翻来滚去，简直椎心泣血。大木抱着音子，紧紧压住她的胸脯。少女的乳房虽小却胀鼓鼓的，碰上了大木的胳膊。

母亲一直在门外探听动静，这时走进来叫道：

"音子，音子！"

大木并不在乎音子的母亲，犹自紧抱着音子的胸脯。

"好难受。放开我……"音子说。

"老老实实的，别动行吗？"

"老老实实的。"

大木才放开她，音子喘着气，肩膀一起一伏的。眼窝里又噙满了泪水。

"妈，要烧掉是吗？"

"……"

"连小囡也这样？"

"……"

"我出生时，头发黑黑的，妈说过的，是不是？"

"是的，黑黑的。"

"婴儿的头发是不是也挺黑？妈，给我剪下一绺留着好吗？"

"何苦呢？音子……"母亲为难地说，"音子，很快又会有的呀。"不留神说走了嘴，好似后悔似的，愁眉苦脸地扭过头去。

母亲，甚至连大木，不是私下里都巴望着，但愿那孩子能不见天日的吗？音子给送到东京郊区一家蹩脚的产院里。要是一家好点的医院，想尽办法，说不定婴儿的命能保住。想到这里，大木也不免痛心难过。送音子进产院的，只有大木一人，母亲没能来。医生是个半老的男人，一张脸喝酒喝成了猪肝色。年轻的护士用责备的目光望着大木。音子穿了一套朱红的绸衫，绷短的袖子也忘记放长。

——在二十三年后的岚山，那个头发乌黑，不足月的婴儿的面影，竟历历如在大木的眼前。她好似藏在冬天的枯木林中，沉在碧绿的深水潭里。大木击掌叫来女侍。今天大概没准备接待客人，烧菜烹肴很费工夫，这是一开始就料到的。

女侍进屋后，为了拖时间吧，就斟上热茶，也坐了下来。

漫无边际的闲聊当中，女侍讲了一个男人被狐狸迷住的故事。快天亮时，那人在河里哗啦哗啦一边走一边喊：

"要死啦，救命呀！要死啦，救命呀！"

于是别人发现了他。渡月桥下，水很浅，上岸原很容易，他却在河里跌跌撞撞地兜圈子。等救醒后，说是头天晚上十点来钟，像梦游似的在山里转来转去，不知不觉竟跑到河里去了。

女侍被厨房叫去了。先上的是鲫鱼。大木慢慢地呷着酒。

临出大门时，大木又抬头望了望厚厚的茅屋顶。青苔已朽，大木觉得别有情趣。

"遮在树下，没个干的时候呢。"老板娘说。重葺的草，还不到十年，刚八年便这样子了。茅屋顶的左边，一轮半月挂在天空。正是三点半钟。大木下到河边的路上，望着翠鸟在水面上低掠飞翔。小鸟羽毛的颜色很清楚。

在渡月桥下，大木叫了一辆车，打算去仇野看看。那里有祭祀无主孤魂的地藏王雕像和一片林立的石塔，冬日的黄昏，想必会让人兴起无常之感吧。然而，到了祇王寺的入口处，一见竹林的幽森阴暗，便让汽车转了回来，大木决定到苔寺绕一下再回饭店。苔寺的庭院里，只有一层枯败的松叶，倒映在池中的树影，随着人走而动。朝着沐浴赭红夕阳的东山，大木回到了饭店。

在浴室里身子洗暖之后，从电话簿上查到上野音子的号码。一个年轻女人的声音，是她的女弟子吧？音子立即接了过去："喂。"

"我是大木。"

"……"

"是大木，大木年雄。"

"哦，好久不见了。"音子带着京都口音说。

大木不知从何说起才好，干脆省去那些难以启齿的话，就像这突如其来的电话一样出其不意，让对方不感拘束地急口说："我来京都，是想听除夕钟声的。"

"听除夕钟声？……"

"能不能请你和我一起听？"

"……"

"能和我一起听吗？"

"……"

电话里，好半天没有回答。音子一定很吃惊，感到很惶惑吧？

"喂喂，喂喂……"大木喊道。

"您一个人吗？"

"一个人。就我一个人。"

音子又不作声了。

"听过除夕钟声，元旦一早便回去。想和你一起听过年的钟声才来的。我也到了这个年纪了。有多少年没见面了啊！要不是来听除夕钟声这种机会，想要见你简直说不出口，年月实在太久了。"

"……"

"明天来接你好吗?"

"不,"音子慌忙说,"我来接您吧。八点……是不是早了点儿?"

"那就九点钟后,请在饭店里等。我先找地方订个座位。"

大木原想从从容容同音子共进晚餐,可是九点钟,已是饭后了。好在音子答应下来。往昔记忆中音子的倩影,栩栩如生浮现在大木眼前。

第二天,从清早直到晚上九点,一个人待在饭店里,时间显得很长。一想到是除夕,就越发感到时间之长了。大木无事可做,京都虽有几个熟人,可赶上除夕这种日子,晚上又要同音子去听钟声,就谁都不想见了,也不愿意让任何人知道自己来了。餐馆虽然不少,京都的美味佳肴很诱人,他还是在饭店里,例行公事般用过晚饭。这样,大木在年终的这一整天里,充满了对音子的回忆。同样的回忆,一再浮现,也就越发的鲜明。二十几年前的往事,反比昨天的还要鲜活,竟如同在眼前一般。

大木没站到窗旁,看不见饭店下面的街道。从窗内,隔着京都市街的屋顶,只能望见西山。西山也离得很近,比起东京来,京都这座城市又小又亲切。西山上空的浮云,透明之中带一抹金色,转眼间就变得阴冷灰暗,天色已经垂暮。

回忆,是什么呢?这样鲜明地印在记忆中的过去,又是什么呢？音子随着母亲搬到京都，大木曾以为和音子分开了，这固然没错，可他们果真分开了吗？一想到自己搅乱了音子的一生，使她终生不能做人妻为人母，大木就免不了要受良心责备。但一直未嫁的音子，在漫长的岁月中，对大木又是如何想的呢？即便对大木来说，记忆中的音子是个性情激越的女人，那是再也找不出第二个人来的。而且，时至今日，对音子的回忆还如此鲜明，音子又何尝离开过大木？尽管大木生在东京，可夜幕下，灯火通明的京都，使他生起故乡一般的感觉。虽说这是由于京都犹如日本的故乡，更因为音子就住在这里。大木心里很不踏实，便去洗澡，从内衣到衬衫，连领带也换过，一忽儿在房间里踱来踱去，一忽儿又对镜照照自己，就这样等着音子。

"上野先生接您来了。"门口服务台打来电话，已经九点过了二十多分。

"马上下来，请她在大厅里等一下。"大木说完，却又自言自语地，"或许请她到房间里来更好些。"

宽敞的大厅里，没见到音子。一位年轻的姑娘，朝大木走过来。

"是大木先生吗？"

"正是。"

"上野先生派我来接您。"

"嗯。"大木尽量装作若无其事的样子，"多谢了……"

大木一心以为音子会来，不料给甩了。几乎一整天里，对音子的回忆是那么鲜明，现在简直迷惑不解了。

直到坐上姑娘让等在门口的汽车里，大木仍是沉默不语，隔了半晌才开口道："你是上野小姐的高足吧？"

"不敢当。"

"同上野小姐两人一起住吗？"

"是的，还有一个帮佣的娘姨。"

"是京都人？"

"我，家在东京，因倾慕上野先生的作品，一径闯上门去，承先生留在身边。"

大木转脸看了一眼那姑娘。在饭店里招呼她的时候，大木就已看出姑娘的美貌，先是看她的侧脸，细长的脖颈，和好看的耳朵。脸庞是那么艳丽，简直叫人不好意思正眼瞧去。说起话来，很文雅娴静。坐在大木身旁，显得很拘谨。大木同音子之间的事，姑娘知不知道呢？按说那还是她出生之前的事，大木心里一边寻思，一边贸然问道：

"平时也穿和服吗？"

"不穿。在家里要来回走动，多半穿长裤，很不成样子的。我跟先生说，听了钟声就到初一了，先生便让我穿上过年的衣裳。"说话之间稍微显得轻松一些。她不但到饭店来接大木，好像还要一起去听除夕钟声。这样，大木心里就明白了，音子是避免与大木两人单独相处。

汽车经过圆山公园，朝深处的知恩院方向上去。古色古香的客厅里，除了音子，还召来两个舞伎。这也完全出乎大木的意料。只有音子把腿伸进暖笼里，两个舞伎则隔着火盆相对而坐。女弟子跪在门口，向音子行礼说：

"我回来了。"

音子从暖笼里挪出腿。

"久违了。"音子对大木说，"我想知恩院的钟好些，便定在这里。可是，这里今天也休息，没办法招待什么……"

"多谢了。给你添麻烦了。"大木只能这样说。女弟子之外，还有舞伎在场。关于大木和音子之间的往事，言谈中自是漏不得半点口风，神色上也不能流露分毫。昨天音子接到大木的电话，想必是既为难又有戒心，便想到叫两个舞伎来，避免同大木单独相对，难道音子内心里对大木犹存隔阂？大木走进客厅，与音子才一见面，便觉出了这一点。可是，从这一眼中，大木同时也感到自己仍在音子的心中。旁人恐怕觉察不出来。不，女弟子就生活在音子的身边，而舞伎虽说是少女，毕竟是风尘中的女子，说不定能觉出点什么。当然，谁都会装作若无其事的样子。

音子安排大木就座之后，对女弟子说：

"坂见小姐坐这儿。"就连那个隔着暖笼与大木相对的位置，音子也躲开了。她打横靠着暖笼。两个舞伎坐在音子身旁。

"坂见小姐，跟大木先生寒暄过了？"音子低声问过女弟子。然后音子向大木介绍说：

"住在我那儿的坂见庆子，跟她的容貌可不一样，疯疯癫癫的。"

"哎哟，先生，瞧您说的。"

"时常能别出心裁画些抽象画。看上去简直热情得可怕，带些狂气。不过，她的画很吸引我，好羡慕她呢。画起画来，整个人都会沉浸在画中。"

女侍端来酒水和小吃，舞伎给斟上酒。

"没料到，会取这种方式听除夕钟声。"大木说。

"我想，同年轻人一起听要好些。钟一响，又该长一岁了。多寂寞啊。"音子低首垂目，说道，"像我这样的人，居然还能活到今天……"

大木不由得想起，生下的孩子死后两个月的光景，音子曾服安眠药自杀过。她是不是想起那件事来呢？——大木是得了音子母亲报的信才跑去的。是母亲让女儿跟大木分手，才出了这事，可她还是把大木叫去了。大木便在音子家里住下看护她。因注射大量针剂，音子大腿肿得硬邦邦的，大木一直给她揉腿。母亲则给换蒸热的毛巾，来回跑厨房。音子的内裤给脱了下来。十七岁的音子，腿原本是细长的，打针打得肿了起来，非常难看。大木手上用力，有时会滑进大腿里面。趁母亲不在的工夫，把渗出来黏糊糊的脏东西给她擦干净。大木又是自责又是心疼，眼泪直落到音子的腿上。他像祷告似的在心里念叨：无论如何也要救活她，不管怎样也决不分开。音子的嘴唇发紫。听见母亲在厨房里啜泣，大木站起来，走过去，见母亲缩着肩蹲在煤气灶前。

"活不成了，她要死了。"

"就算她死了，妈一直那么疼爱她，我想，这也足够了。"

母亲抓住大木的手说："你也一样呀。大木，你也是一样的呀……"

一直到第三天音子睁开眼睛，大木始终不眠不休地守在跟前。音子眼睛睁得老大。

"难受。好难受呀。"她抓头挠胸地滚来滚去，也许是看见大木，喊道：

"走开，走开。不要你在这儿嘛。"

固然是两个医生尽心治疗的结果，但大木始终认为，能够救活音子的性命，自己一心一意地看护也起了作用。

对于大木的看护，母亲大概没详细告诉音子。可是，大木至今还记得清清楚楚。比起曾经抱过音子的身体，在生死之际为她揉过的大腿，更加鲜活地浮现在眼前。二十几年后，在聆听除夕钟声的房间里，即便她腿伸在暖笼里，也能看得见。

舞伎或大木斟的酒，音子毫不犹豫地一一干尽。看来相当有酒量了。一个舞伎说，撞一百零八下钟，听说得用一个钟头。两个舞伎都没穿正式陪酒的衣裳，是一身平常打扮。腰带也不是那种垂下来的，可是质地考究花色漂亮。头上没戴花簪，只插了一把华美的梳子。两人好像同音子是老相识，但大木不明白，何以装束这么简单就来了。几杯酒下肚，听着舞伎满口京腔，东拉西扯，大木的心情也随着轻松起来。

音子的安排应该是聪明的。不错，她是避免与大木单独相处，但是，突然要同大木相会，总归希望心理上能有个准备，让情绪平静下来吧。仅仅这样坐着，两人之间也能灵犀相通。

知恩院的钟声响了。

满座寂然。钟声过于古拙，略带破裂之音，但余音袅袅，荡向远方。隔一会儿又响起来，似乎就在附近撞的钟。

"太近了。我说起要听知恩院的钟声，有人就告诉这家好。要是离得稍微远些，在鸭川河边那里就好了。"音子对大木和女弟子说。

大木打开纸拉门一看，客厅外面的小院子下面便是钟楼。

"就在那儿啊！连撞钟都能看见。"

"实在太近了。"音子又说了一遍。

"不，挺好。每年除夕听的，是收音机里的钟声，能贴近听一次也很好嘛。"大木说。不过，确实缺少一些情趣。钟楼前一片黑乎乎的人影晃来晃去。大木关上拉门，回到暖笼前。钟声不绝于耳，蕴含一股远古时代的深沉雄厚的力量，果然不愧是古钟。

大木他们离开客厅，一路走到祇园神社，去参加一年中的最后一个庙会白术祭。在绳子的一头点上火，晃着火绳回家的人还真不少。据说用这火绳点灶火，元旦煮年糕，是自古相传的习俗。

早 春

　　大木年雄站在山丘上，出神地望着紫色的晚霞。他家在北镰仓的山丘上。下午一点半起，伏案给晚报写连载小说，写完了一节，刚走出家门，西天的晚霞便在高空中弥漫开来。许是暮霭吧，但紫得那么浓，还以为是片薄云呢。紫色的晚霞，大木觉得很稀罕，仿佛刷子在湿纸上横着刷过去，浓淡之间晕虚朦胧。紫色的轻柔中，孕育着将临的春意。有一处呈桃红色，夕阳似乎隐藏在其间。

　　大木想起在京都听除夕钟声，元旦乘"鸽子号"回来时，夕照之下，铁轨上闪着红光，一直红到很远的地方。一侧是大海。铁路转弯折入山阴处，红光也随之消失。列车一进山峡，骤然间便暮色苍茫。然而，铁路上的那一片红，使大木又回忆起与音子的往事。听除夕钟声，音子还带上女弟子坂见庆子，并叫来舞伎，想必是不愿与大木两人单独相处吧。但她这样做，反而使大木感到自己仍在音子的心中。从祇园神社出来，走在四条大街上，熙熙攘攘的人群中有些醉汉，他们有人上来搭讪，举起手，要去摸舞伎的云鬓。平时，京都没有这种事。大木边走边护着两个舞伎。音子和女弟子则落后一步，跟在后面。

元旦中午，大木乘上"鸽子号"，虽然觉得音子未必会来车站送他，可心里却又惦记着。这时，女弟子坂见庆子来了。

"过年好。先生说，本来应当她来送行，可每年元旦，有几家礼数上少不得，非去不成，中午还得在家恭候客人，所以，一大早就出去了。所以，就让我代她来送行，好好向您道歉。"

"哦，是吗？你还特地赶来，真是过意不去……"大木回答说。元旦车站上乘客虽少，庆子的美丽，依然引人注目。"大年夜劳你到饭店来接，元旦又到车站来送，多承照应。"

"不客气。"

庆子穿的仍是昨晚那身和服。上面绘有千姿百态的海鸟，纷纷飘落的雪花。料子是淡青的缎子。尽管海鸟上了颜色，但依庆子的年纪来说，终究太素，作为过年的衣裳，也显得不够热闹。

"这衣裳很漂亮。是上野先生设计的？"大木问。

"不，是我自己画的，还不尽如人意。"庆子脸微微一红说。毋宁说这身素净的衣裳，反把庆子那张娇艳的面庞，衬托得更加生动水灵。而且，海鸟的色彩搭配与形态变化，于抽象之中自有一股朝气。纷落的雪花宛如在翩翩飞舞。

庆子把京都的点心和冬天的酱菜递给大木，说是音子先生的礼物。

"还有，这是盒饭。"

从"鸽子号"进站到开车，虽说只有一二分钟，庆子一直靠窗站着。大木只看得见庆子胸脯以上的地方，心想，现在应是庆子一生中最美的时光。大木无从知道音子的美丽青春。他不得不与十七岁的音子分开，而昨天见到的音子，已经四十岁了。

大木提前在四点半钟便打开饭盒。拼好的年菜中，还添上了饭团。饭团捏得又小又好看，其中似乎蕴含着女人的款款心意。音子是为了那个男人——往日曾蹂躏过少女的他而捏的吧？咀嚼着仅一口或一口半大的饭团，在舌头与牙齿之间，大木感觉到了音子对自己的宽恕。不，那不是宽恕，那是音子的爱心吧？是音子至今仍深藏在心底的爱吧？被母亲带到京都以后，音子生活里发生过些什么事呢？除了画画，独自生活，详细情形大木一无所知。也许她有过爱情，或是谈过恋爱。然而，以少女的全副生命去爱大木，这份爱，是切实的。在音子之后，大木也曾经有过几个女人。但像爱少女音子那样爱得那么刻骨铭心的，却没有。

"米真好。哪儿的米呢？关西的米……"大木一面寻思，一面把小饭团接连送到口里。不咸不淡，很入味。

音子在十七岁上，早产，自杀未遂，又在两个月后给送进窗上拦着铁格子的精神病房里。大木虽从音子母亲那里得到信，却不被允许与音子相见。

"只可在走廊里远看，请千万别过去……"音子的母亲说，"我也不愿叫你瞧见她现在那样子。要是见了你，又该闹得她不安生了。"

"她还认得出我吗?"

"当然认得出……不就是为了你，才这样的吗?"

"……"

"不过，好像还没到疯的地步。医院的大夫也安慰我说，只是一时的。那孩子总是做这样的手势。"说着，母亲比画着抱婴儿哄孩子的姿势，"是想她的孩子哟。怪可怜的。"

音子住了三个月才出的院。母亲见到大木时说：

"我也知道，您有太太，还有孩子。音子当初也该知道的。以我这年纪，明知这样，却还来求您，也许您会以为，倒是我才疯了呢……"音子母亲颤着肩膀说，"能不能请您跟音子结婚呢?"

母亲涌出眼泪，低下头，紧紧咬着牙。

"这事我也考虑过。"大木不胜痛苦地回答。他家里当然也起了风波。他太太文子那时二十四岁。

"想过好多好多次。"

"您权当我也跟女儿一样，脑筋有毛病，当成耳边风好

24

了。我绝不会再来求您的，并不是说马上就要怎么着，就让音子等上三年两载，五年七年的。不用我说，音子那姑娘也一定会等的。再说，她还是个十七岁的女学生家……"

大木心想，听这口气，母亲的那股烈性，竟传给了女儿音子。

没到一年，母亲把东京的房子卖掉，领着女儿搬到京都住。音子转到京都的女子高中，留了一级。女高毕业后，进了美术专科学校。

直到除夕共听知恩院的钟声，元旦把盒饭送到特快列车上，这已经二十几年过去了。不只是饭团，就连年菜也按着老规矩，保持着京都风味，大木每下箸夹菜，都先欣赏一番，然后才送进嘴里。京城饭店的早餐，虽然也应景儿有碗烩年糕，但真正过年的风味，是在这个饭盒里。即便回到北镰仓自己家中，恐怕也同近来妇女杂志上的彩色照片一样，正月的菜肴大多有些西化了。

京都女画家音子，照她女弟子的说法，元旦有些"礼节"上的应酬，但总还不至于连抽个十分一刻钟，上车站来一趟的工夫都挤不出来吧？或许也像除夕听钟那样，免得与大木两人单独相处，音子才又打发女弟子来车站送行的？昨晚当着女弟子和舞伎的面，关于往事，大木对音子虽然只字未提，但往昔在两人之间却像息息相通似的。这盒饭也是这样。

"鸽子号"开动后，大木在窗内用手掌拍拍玻璃，发现这样做，车外的庆子听不见，便把车窗抬起两厘米，说道：

"元旦一大早便赶来，谢谢了。府上是在东京吧？常常要回去是不是？顺便到舍下来玩吧。北镰仓不大，在车站附近一打听，马上就能打听到。还有抽象画，音子先生说的那种充满狂气的画，给我寄一两张来看看。"

"真难为情，那画儿都给上野先生说了，有些狂气……"庆子的眼里，倏忽闪过一道奇怪的神色。

"不，那是因为上野先生已经画不出那种画，才那么说的不是？"

列车停车的时间很短，同庆子的谈话也短。

大木自己以往写过幻想小说，但今日所谓的抽象小说却从未涉笔。倘如语言与文字脱离日常实用，将其看作抽象或象征也未尝不可。不过，大木早年在散文写作上，对自己运用抽象或象征的这种才能和资质，曾经竭力加以遏制。他亲近过法国象征派诗歌等，年轻时也学过以抽象或象征的语言做具体而写实的表现。然而，大木认为，具体而写实的表现一旦深化，仍会达到象征与抽象的境界。

譬如说，大木用语言和文字所表现的音子，同实在的音子之间，究竟有怎样的关系呢？个中真相，恐怕是难以把握的。

大木的小说中，寿命最长、至今仍拥有众多读者的是一部长篇，写他同十六七岁的上野音子恋爱的故事。由于小说的出版，音子的脸面益发受到伤害，引起世人的好奇，这的确有碍她的婚事。但是，直到二十几年后的今天，作为小说原型的音子，毋宁说，依旧为广大读者所喜爱，这到底是什么缘故呢？

与其说是成为小说原型的女孩音子为读者"所喜爱"，还不如说，是大木小说中的音子受到读者所喜爱更妥当。那不是音子的自述，而是大木的写作。其中加上作家大木的想象与虚构，当然也就有所美化。但是，这些姑且不谈，大木所写的音子，同假定是音子自述的那个音子，二者究竟哪一个才是真实的音子？实在难以分辨。

不过，小说中的女孩是音子，却是错不了的。大木若是没有同音子的这段恋情，恐怕就不会有这部小说了。而且，直到二十几年后的今天，小说还一直广为阅读，显然全仗有音子这样一个人物的缘故。倘如大木没有遇到音子，大木的人生中就不会有这段浪漫史。三十一岁的大木结识音子，彼此相爱，是命运呢？抑或是上天的赐予？思之再三，而不得其解。但这事给大木这位作家带来好运，开始走红，确是不争的事实。

大木给小说取名为《十六七岁的少女》。书名很平常，没有讨巧之处。在二十几年前，旧学制的女学生，年仅十六七便失身于人，又早产，还一度发狂，这是极不寻常的事。但大木并不认为有多不寻常，也就没当作不寻常的事去写。更没用好奇的眼光看待音子。正像小说平凡的书名一样，作家毫无虚饰地将音子写成纯洁而热情的少女。借容貌、丰姿、举止，尽力写得形象鲜明。就是说，作者以清新活泼的笔调，倾吐他青春的爱情。《十六七岁的少女》之所以长期以来拥有广泛的读者，便是因为这个缘故吧？年轻而有妻小的男子与少女的悲恋，一味抬高其美感，竟至看不出任何道德的反省。

大木和音子幽会的时候，音子说：

"你总觉得对不起这个对不起那个的，这是你的脾气，是吗？脸皮不要这样薄，胆子再大一点才好呢。"

听音子这样说，大木不觉一怔：

"我脸皮够厚的了。现在不就是这样吗？"

"哪儿呀，我说的不是指你跟我的事。"

"……"

"不论什么事，你应该想怎么做就怎么做，那多好。"

大木一时无言以对，不禁回顾起自己。音子这句话，过了很久，仍使他不能忘怀。十六岁的少女，居然能看透大木的性格和生活，他感到了一双爱情的慧眼。其实大木向来是非常任性的，但自从跟音子分开以后，凡事太顾虑别人时，就会想起音子的这句话，想起说这句话的音子。

音子或许是感觉到，因为自己的这句话，大木才停下了爱抚的手，于是把脸靠在大木的胳膊上。音子一声不响，咬住大木的胳膊弯，咬得很用力。大木忍痛没动。音子的眼泪，沾湿了他的胳膊。

"痛死啦！"大木说着，抓住音子的头发，拉开了。胳膊上留下音子的牙印，沁出血来。音子舔着牙印说：

"你也咬我！"

大木轻抚音子的手臂，从指尖直到眉梢，一面端详着，真不愧是少女的玉臂，便去吻她的肩。音子怕痒，扭着身子。

大木写《十六七岁的少女》并没有按音子的话"想怎么做就怎么做"来处理，但写的时候，倒是想过音子这句话。《十六七岁的少女》，是跟音子离开两年后才写成的书。音子已随母亲搬到京都去了。音子的母亲明知大木有妻小，却还来恳求，要他同音子结婚。大概是得不到大木的答复，才离开东京的吧。或许是受不住独生女儿和自己的悲哀与难过吧？在京都，音子和母亲看了大木的《十六七岁的少女》，会怎么想呢？以音子为模特的小说，成了大木的成名作，读者越来越多，她们又会怎么看呢？对年轻作家小说里的模特，一般人是不会去深究的。等别人知道《十六七岁的少女》以音子为模特时，大木已经过了五十，作家的地位也有了提高，便有人出来查访他的经历。那已是音子母亲去世后的事了。音子在京都也成了女画家，这位小说中的模特就越发出名了。作为《十六七岁的少女》中的模特，音子的照片还曾在杂志上刊登过。音子当然不会甘当小说中的模特，允许别人拍照。那准是作为画家拍的照片，未经她本人许可，擅自移用的，大木心里这样揣度。当模特的感想一类文字，当然更不会见诸报端的了。《十六七岁的少女》出版时，音子和她母亲也没向大木表示过什么。

乱子倒是出在大木自己家里。那是理所当然的。大木的太太文子，出嫁前一直在一家通讯社当打字员。大木写好的稿子，便叫新婚的妻子打字。其中未尝不带有新婚的甜蜜与爱情游戏的成分，但也并非仅仅如此。自己的作品头一次在杂志上发表时，看到钢笔写的原稿与小小的印刷铅字之间，其效果和印象竟有偌大的差别，大木也觉得惊奇。但等写惯了，自然而然能从钢笔手稿上知道铅字印刷的效果了。并不是一边考虑效果一边写，压根儿就没放在脑子里，结果竟能消去铅印与手稿之间的差距。他只能做到，写的时候就好像看到印刷稿，而不是看的原稿。原稿上看着无聊，甚至松散的地方，印成铅字，反而相当紧凑。这也许是职业的训练，已到了得心应手的地步吧。大木常对初写小说的人说：

"不管同人杂志还是什么，总之，印成铅字试试看，与原稿不相同哩。你会发现许多奥妙，简直意想不到。"现在发表的形式一般是铅字印刷，但有时也能品味到与之相反的讶异之趣。譬如，大木一直看《源氏物语》的注释本或小型文库本，也即现在这种小字体的铅字印刷，所得到的印象便截然不同。进一步再追溯到王朝时代的手抄本，试想，读后的印象又该如何呢？再说，《源氏物语》对现代而言，是一千年前的古典名著，但在王朝时代，却是当时的现代小说。不论《源氏物语》的研究有多大进展，在今天来说，终究不能当现代小说来读。尽管如此，看木版本比看铅印本，却更让人陶醉。这倒不是出于怀古的趣味，而是为了多少能接触到作品的实质。至于今日的作品，读手稿的复制品，不过是种风雅罢了，一般人总是读铅印本，无意去看那蹩脚的钢笔字。

和文子结婚时，大木的钢笔手稿与铅印本之间，几乎已无多大差别。因为太太是打字员，稿子统统由她打。日文的打字稿比钢笔写的手稿，大概更接近铅印本吧。并且，他还想到西洋的原稿，不是打字稿，便是打字誊清稿，几乎没有例外，于是也想试一试。可是大木的小说打成日文字后，也许是看不习惯的缘故，与钢笔手稿和铅印相比，似乎要乏味得多。不过，因此倒也容易发现不足，便于修改润色。于是，大木的稿子便统统由文子打字，这也成了惯例。

那么，《十六七岁的少女》的稿子该如何处理，便同惯例起了冲突。倘若交给妻子去打字，势必会给她带来痛苦和屈辱，而且也太残忍了些。音子十六岁的时候，太太二十三岁，已经生了一个男孩。丈夫与音子偷情，文子已有所察觉。文子半夜三更背着婴儿在铁路上彷徨，直到很晚才回来。回来后，也不马上进屋，而是靠在院子里的老梅树上。大木到外面去找她，一进大门，听见啜泣声才发现她。

"你这是干什么！孩子不要着凉嘛。"

三月中旬，天气还冷。婴儿果然着了凉。有些肺炎的症候，便住了院。文子也跟到医院去陪住。

"要是这孩子死了，你和我撂开手就容易了，那多好！"文子曾这样说过。尽管如此，大木却正好趁妻子不在家，去与音子幽会。孩子的病倒是好了。

因发现音子母亲从医院寄来的信，音子十七岁早产的事，让文子知道了。十七岁倒不足为怪，可是让文子吃惊到极点，简直做梦都没法相信的，是自己的丈夫会让一个少女遭那样大的罪，便大骂丈夫是恶魔，激动之下，竟咬了舌头。看见妻子嘴里流出血来，大木慌忙撬开她的嘴，伸进手去。文子好像憋不过气来，恶心得要吐的样子，一下瘫倒了。大木抽出手来，指头上有妻子咬的牙印，淌着血。一看这情形，妻子倒多少镇静了下来，给大木洗净手指，敷上止血药，裹好纱布。

音子和大木一刀两断，跟母亲搬到京都的事，文子也知道了。《十六七岁的少女》完稿，便是那以后的事。稿子让文子打字，固然又要揭开妻子嫉妒与苦恼的伤疤，让它再次淌血，可是，只有这部小说不经打字便发稿，对妻子而言，便好像是"秘密出版"似的。大木左思右想，结果还是打定主意把稿子交给妻子。他尤其存心要向妻子坦白一切。打字之前，文子似乎从头至尾通读了一遍。她没法儿不那样做。

"我要是跟你分开就好了。为什么没跟你分开呢？"文子脸色苍白地说，"读者都会同情音子的。"

"我不愿过多写你的事。"

"我比不上你理想中的女性，是吗？"

"不是这个意思。"

"我只是个嫉妒得发狂，招人恨的女人吗？"

"音子她人已经离开了。而你，要跟我一起生活，往后的日子还长着呢。书里的音子，加进好多虚构，与实际的音子是两回事。就说她发疯时的事吧，我压根儿不清楚。"

"那些虚构的事，正是你的爱情呀。"

"要不是的话，怕就写不成了。"大木干脆地说，"这部稿，能给我打吗？你心里会不好受的……"

"我打。打字机是架机器。我可以把自己当成机器使。"

文子虽说要把自己当成"机器"，可是做不到。她似乎常常打错，大木不时听到撕掉打字纸的声音。有时停下手，偷偷啜泣，或要呕吐。房子狭小且简陋，大木对文子的动静一清二楚。他无法安心坐在桌前。

不过，对于《十六七岁的少女》，文子没再说一句话。也许是要当"机器"，就不愿开口了。《十六七岁的少女》这部小说，按四百字一页的稿纸，一共有三百五十来页。曾经当过打字员的文子，又一直给大木打稿子，看样子得用不少日子。而且，文子的脸色发青，面容憔悴。有时会竖起眉梢，茫然地盯住一个地方。她固执地硬不肯离开打字机。一天，晚饭前吐黄水，趴在那里。大木绕到她身后，摩挲她的背。

"水，给我水！"文子喘着气说。眼圈儿发红，眼泪流了出来。

"是我不好。不该叫你打这部小说。"大木说，"可唯独这部，直接拿去发稿，倒像背着你似的，我又……"那样一来，他们夫妻关系虽不至于破裂，但会后患无穷，会留下难以愈合的伤痕。

"你肯让我打，不论多难受，我都要谢你。"文子虚弱地强作笑容，"连续打这样长的稿子，还是头一回，多半是累了。"

"稿子越长，你受的罪也越久。或者也可以说，当小说家的老婆，这就是报应啊。"

"看你这本小说，我对音子小姐已经非常了解，我虽然痛苦得要死，却还是觉得，你能碰上她，真是福气。"

"我不是说过了嘛，我写的音子，是理想化了的。"

"这我知道。像书中的小姐，现实里是不会有的。可是关于我，希望能再多写一些才好。哪怕把我写成泼妇，嫉妒得发狂，像个母夜叉似的，我都不在乎。"

大木穷于回答："可你并不是那种泼妇啊。"

"那是你不懂我的心。"

"不，我不愿意家丑外扬。"

"骗人。你是叫小音子给迷住了，只想写她一个人。要是写上我，你觉得会有损于音子小姐的美，糟蹋你的大作，对吧？可是小说，非要写得那么美不可吗？"

就算是一个嫉妒得失去理智的妻子也罢，由于小说里没多写上几笔，又一次招来妻子的嫉妒。文子的嫉妒，并不是没写，而是写得简略了一些，毋宁说这样更有说服力。可文子，却因没把自己写得详尽周备而感到委屈。在大木看来，妻子的这种心理，不可理解。是不是跟音子比，文子以为自己受到轻视，或者说觉得大木没把她放在眼里呢？《十六七岁的少女》是写同音子的悲恋的，对文子所用的笔墨，势必不能与音子一样多。即便其中加进作者的虚构，但一直瞒着妻子的事，大木也如实写了不少。他最担心的，也正是怕妻子知道那些事。可比起那些事来，妻子倒为自己给写得太少而伤透了心。

"我不愿意通过你的嫉妒来写音子。"大木说。

"没有爱——甚至连恨都没有，所以你才写不来……当时我为什么没让你离开？我一边打字，心里一边仔细琢磨。"

"又提这些没有意思的话。"

"我是很当真的。没让你离开，是我的一大罪过。这罪孽，我难道一辈子都得背下去吗?"

"你胡说什么!"大木抓住文子的肩膀，使劲摇着。文子的胃又翻腾起来，苦着脸吐黄水。大木松开手。

"……"

"不要紧的。我，我，说不定又怀上了。"

"什么?"

大木一愣。文子两手捂住脸，放声大哭起来。

"那你可不能不保重身子。小说也别打了吧。"

"不，要打。就让我打吧。已剩不多了，再说，也只是动动手的事。"

文子一味固执，不听大木的话。打完小说后，隔了四五天便小产了。原因与其说是打字打的，不如说是所打的内容给她内心的打击。请了一位女医生来出诊，文子躺在家中，头发像梳辫子一样束在后面，看上去显得薄了一些似的。本来头发虽厚，却很柔软。她只淡淡地涂上点口红。没有血色的脸上，因为没有搽粉，露出光滑柔嫩的肌肤。文子年纪还轻，小产对她并没多大影响。

然而，大木把《十六七岁的少女》塞到文件柜里，便没再碰过。虽没烧掉也没撕毁，但也没拿出来重看一遍，一直那么搁着。这部小说，无形中埋葬了两条小生命。音子早产，文子小产，岂不是很不吉利吗？小说的事，夫妻俩暂且谁都避而不谈。后来，倒是文子先提起来。

"小说为什么不发稿呢？是怕对我不利吗？既然嫁给了小说家，这也是无可奈何的事。要是说有什么不好，我倒觉得，恐怕对音子小姐不大好。"说这话的文子，小产后身子已经恢复，甚至连皮肤都变得娇嫩艳丽起来。这就是青春的奥妙吧。而且，比先前更加懂得女人要取悦于丈夫了。

《十六七岁的少女》即将出版时，文子又有了身孕。

小说得到了批评家的赞赏。尤其获得许多读者的喜爱。文子未必会忘掉她的嫉妒与痛苦，但在神色间，言语上，却没有一点表示，她为丈夫的成功而高兴。在大木的小说中，至今仍最畅销的，便是被人誉为他早年代表作的这部《十六七岁的少女》。小说不仅改善了大木一家的生活，并且给文子以衣着乃至首饰，甚至对她子女的教育花费都有所裨益。难道文子现在就没再想过，这是因为有了音子这位少女，有了这位少女同大木相爱的结果吗？莫非她以为这是丈夫当然的收入？至少，音子与大木往日的这场悲恋，如今对文子说来，已不再是出悲剧了吧？

对此事，大木还不至于那么违心，有时也禁不住要想。成了《十六七岁的少女》中的主人公的音子，对他大木，难道会是毫无价值的吗？音子对于这部小说，从未向大木说过什么。她母亲也没来抱怨过。较之绘画与雕刻一类写实的纪念像，小说通过语言文字，更能深入到音子的内心，连她的模样都可随心所欲地加以想象、虚饰和美化，但女主人公是她音子，却绝不会错。大木尽情于写年轻人的热恋，至于音子的困窘，以及对未婚的她日后会造成什么麻烦等等，全没放在心上。这样写虽然吸引读者，却说不定妨碍了音子的婚事。而大木反因《十六七岁的少女》，名利双收。文子的嫉妒看来已经消解，创伤也似乎已平复。被迫离去的音子早产与大木太太文子的小产，两者自有不同。正如俗话说，小产之后必早得子，果然文子不久又平安生了一个女儿。所不变者，唯有《十六七岁的少女》这部小说，而岁月则无情地流逝。小说里，没有渲染文子疯狂的嫉妒，就家庭这一世俗观念而言，岂不是更好吗？不过，这确是这部小说中的不足之处。尽管如此，这不正好使小说更加耐看，使书中的音子更为可爱吗？

一提起大木的代表作，即便在二十几年后的今天，仍必首推这部《十六七岁的少女》。大木作为小说家，不免有些泄气。

"真没出息呀！"常常一个人心中烦恼。但转念又想，那正表明小说富有青春的魅力。再说，世人的好恶，已有社会的定评，即或作者本人抗议，也无改于一丝一毫。作品已离开作者而独立存在。然而，十六七岁的少女音子，后来怎样了呢？大木心里常常挂念着。只知道她被母亲带到京都去了。大木之所以对音子的事放心不下，不能不说是由于小说《十六七岁的少女》历久不衰的缘故。

音子以画家成名，还是近几年的事。在那之前，两人彼此不通音讯。大木以为音子平平常常地嫁了人，平平常常地过着日子。大木也但愿她能如此。但依音子的性格，又觉得她不会甘心过平凡的日子，这是不是自己还旧情未断呢？大木有时这样反省自己。

因此，得知音子成为画家，对大木是个不小的冲击。

分手以后，直到音子当上画家自立，这中间，她吃过多少苦头，有过多少烦恼，终非大木所能知道。在百货公司的画廊里，偶然看到音子的画作，内心好一阵激动。那不是音子的个人画展，而是各类画家展销的作品中，有音子的一幅画。画的是牡丹。在画绢的顶上方，只画着一朵红牡丹。花朵对着正面，比真的还大。叶子稀疏，下面有一朵白色的花蕾。从大得超乎自然的花朵上，大木看出音子的气派与品格。他当即买下，因有音子的落款，不便拿回家去，便捐赠给了小说家俱乐部。在俱乐部的墙上，高高地单挂上这么一幅画，与在热闹的百货公司里看，印象多少有些不同。那红艳艳的大朵牡丹花，仿佛魔幻一般，由花心发出孤独的光。从杂志上看到音子在画室里的照片，便是那个时候。

想在京都听除夕钟声，是大木多年的夙愿。而要与音子同听，倒多半是由这幅牡丹画引起的。

北镰仓的南北两丘之间有条通路，花木繁茂。今年，路旁的百花想必不久也会报知春来的消息吧。从北山丘散步到南山丘，已成了大木的习惯。远眺紫色的晚霞，是在南山丘的高处。

晚霞的紫色，倏忽之间便消失了，变得蓝里透灰，显得冷冰冰的。宛如春天乍到，又转回了冬天。将薄霭染成一抹桃红的夕阳，想是已经西下，顿感肌肤生寒。大木从南山丘走下山谷，回到北山丘的家中。

"京都来了位叫坂见的年轻小姐。"文子说，"带了礼物，有两张画。"

"走了吗?"

"太一郎送她出去的，没准儿找你去了。"

"唔?"

"真是漂亮得惊人。是什么人呀?"妻子看着大木的脸，察看他的神色。大木虽然尽力装得若无其事，妻子以她女人的敏感，似乎觉出，那女孩与上野音子有些关系。

"画在哪儿?"大木问。

"书房里。还包着，我没看。"

"哦。"

坂见庆子到京都站送行时，曾答应过大木，大概是如约送画来了。大木随即走进书房，拆开包。有两张画，镶在朴素的框里，一张叫《梅》。说是梅，却只画了一朵花，有婴儿的脸那么大，没有枝条，也没有树干。一朵花上，有红瓣，还有白瓣。而且，红瓣上红得有深有浅，画得颇为奇妙。

这朵大梅花，形状并不那么怪，也丝毫没有图案的感觉。仿佛有个怪诞的灵魂在摇晃，真好像在动似的。那或许是由于背景的缘故。乍一看，大木以为是一堆厚厚的破冰片，再仔细看去，像是连绵的雪山。好在不是写实，厚冰也罢，雪山也罢，什么都成，但作品给予鉴赏者的巨大感受，当是雪山而非其他。画中的尖峭有如刀削，上宽下窄的山，当然是不会有的，那是抽象派的画法。既不是雪山，也不是厚冰，应是庆子心中那无可名状的意象吧？即或是层层的雪山，也不是那种冰冷的雪白。雪的冰冷的感觉与雪的温暖的色调，交织而成一首乐曲。而且，还不是清一色的雪白，仿佛是各种颜色的合唱。色调的变化，同那朵梅花的红白花瓣一样微妙。倘认为这是幅冷峻的画，那便是冷峻的；认为是温暖的，便是温暖的。总而言之，梅花里洋溢着画家年轻的情感。坂见庆子大概是依从季节，为大木新画的吧，既然看得出是梅花，该算是半抽象画吧。

看画的工夫，大木想起院子里那株老梅树。花匠说梅树有病，是畸形的。大木听信花匠一知半解的植物学知识，竟信以为真，自己也没再去查考，一直到今天。那株老梅，一棵树上便开了红白两种花，不是嫁接的结果，而是同一枝上有红梅有白梅。也不是枝枝都这样，有的一枝上全开白梅，有的一枝上全开红梅。而这么掺杂着开的，未必年年都在同一条花枝上。大木很喜欢这株老梅。老梅现在正新蕾初绽。

坂见庆子的画，一定是用一朵梅花来象征这株稀奇的梅树的。她大概是听音子说过这株梅树的事吧。音子十六七岁的时候，大木已与文子成家，音子虽没来过，却听说过老梅树的事。大木自己都忘了曾说过这事，可音子倒还记得。并且，又告诉了她的弟子庆子。

说到梅树，会不会把往日的悲恋也袒露了出来呢？

"那个，是音子小姐的？"

"什么？"大木回过头。正在凝神看画，竟然没发现妻子站在身后。

"是音子小姐的画吧？"妻子问。

"不是的。这么富有朝气的画，她画不出来吧？是方才来的那女孩画的。落款上不是写着'庆'字吗？"

"这画好怪。"文子的声音有些生硬。

"是很怪，这画。"大木尽量随和地应着，"近来的年轻人，连日本画也画成这样。"

"是叫抽象派吗？"

"还不到抽象派的程度，总之属于那一类吧……"

"另一幅更怪啦。是鱼呢，还是云？把乱七八糟的颜色，任意涂在上面，有这样画的吗？"

"嗯。鱼和云可差得远哪。非鱼也非云吧？"

"那画的是什么？"

"既然看着像鱼，或者像云，说不定随你怎么看都行。"

大木把目光投向那幅画，一面弯腰去看靠在墙上的画框背面，一面说道：

"《无题》。叫《无题》。"

画面上没有任何物的形象，用色比那幅《梅》还强烈。因为横线多，文子才勉强解释为鱼或云吧？乍看，似乎连色彩都不协调。但以日本画而论，颇显出一种热情。当然不是任意乱涂。《无题》，反倒蕴含着无穷意味。画家的意图看似含而不露，其实说不定倒更加呈露了出来。画的中心究竟在哪儿，大木正看着，妻子突然诘问道：

"那个人，跟音子有什么关系？"

"随身弟子呀。"大木回答说。

"是吗？让我把这画撕了烧掉成吗？"

"胡说八道！怎么能那样乱来……"

"两张画都曲尽其意，画的是音子。这种东西不该留在家里。"

大木猝不及防，对女人闪电般的嫉妒很是惊讶，一面镇静地说：

"这怎么会是画的音子？"

"你会不明白？"

"是你胡思乱想，疑心生暗鬼哟。"说着，大木心底点起一小团火，好似烧得越来越旺。

看得出来，那幅《梅》，显然在表现音子对大木的爱。那么一来，《无题》也能看出其中隐含着音子对大木的深情。《无题》使用的是矿物颜料。画的中央偏左下方，矿物颜料用的很多，采取了晕染的手法。晕染之中，有一亮点，像一扇奇怪的窗子，仿佛能窥到这幅画的灵魂。如果认为是音子对大木的未了之情，也未尝不可。

"这两张画不是音子画的，是她女弟子画的。"

文子似乎疑心到，大木去京都听除夕钟声，兴许是跟音子一起听的。不过，当时什么也没说。也许是因为大木回来那天，正好在大年初一。

"反正我不喜欢这画。"文子竖着眼睛说，"不能搁在家里。"

"你喜不喜欢是另一回事，这可是正经八百的画家作品。又是出自年轻女画家的手笔。随便把人家的画毁掉，好吗？尤其是，这是送给咱们的呢，不是光叫咱们看看的，你知道吗？"

文子理屈词穷了。

"是太一郎出面接待……然后送她上车站了吧？不过，到北镰仓车站，时间够久的了。"

难道这点事也会叫文子着急？车站很近，每隔十五分钟就有一班车。

"这回太一郎会不会受到她的诱惑呢？人美得简直有些妖气。"

大木把两张画原样摞在一起，慢条斯理地包着，说："不要说什么诱惑不诱惑的！我讨厌诱惑这种字眼。那么漂亮的女孩子，这画兴许画的是她自己呢。出于女孩家的一种孤芳自赏……"

"不，这画的准是音子，没错儿。"

"哼，就算是这样，没准儿那女孩跟音子是同性恋呢。"

"同性恋？"文子冷不防给钻了个空子，"她俩是同性恋吗？"

"我哪儿知道。即便是同性恋，也没有什么可奇怪的不是？两个人同住在京都的古刹里，性格又都刚烈得近乎疯狂。"

说同性恋，显然让文子感到迷惑不解，半晌没作声。

"就算是同性恋，我觉得，那画画的还是音子对你不渝的爱情。"文子的口气已经缓和。为了搪塞一时，竟脱口说出"同性恋"这词儿，大木不禁感到羞愧。

"你说的也罢，我说的也罢，恐怕都是胡思乱想。因为两人都带着成见看画……"

"她要是不画这种莫名其妙的画，不就好了吗？"

"嗯。"

无论多么写实的绘画，总要表现画家的内在情感和创作意图的。但大木此时避免与妻子继续争论下去。他有些心虚。对庆子的画，文子的第一印象，或许出人意料，竟是正确的。而"同性恋"，大木未加思索随口说说的印象，说不定也偶尔言中，歪打正着。大木心里这么嘀咕着。

文子走出书房。大木则等着儿子太一郎回家。

太一郎在一所私立大学做国文专业的讲师。没课的日子，不是到学校的研究室去，就是待在家里看书。他本来想研究明治以后的"现代"文学，由于父亲反对，改为研究镰仓、室町时代的文学。他能阅读英、法、德三国语文，以国文学者而论，是颇为出类拔萃的。人倒是个才子，但性情上与其说温和，倒更带些忧郁。而他的妹妹组子，对裁剪、服饰、插花、编织，什么都是半瓶醋，没常性，却又总是快快活活的。相比之下，两人的性格正好相反。组子有时约他去溜冰或打网球，太一郎经常爱搭不理的，被妹妹看成是怪人。同妹妹的朋友，那些女孩子也不来往。叫学生上家里来时，也不给妹妹正式介绍一下。母亲在家里热情款待太一郎的学生，组子有时会板起面孔，但从不当真往心里去。

"太一郎的客人来了，只是开头叫女佣送杯茶就算招待了。而组子呢，从冰箱直到柜子，自己会去翻个底朝上，还打电话，自作主张，又是订寿司，又是什么的，好不热闹哟……"

叫母亲一说，组子吐了吐舌头，说：

"可是，上哥哥这儿来的，全是他的学生嘛。"

组子已经出嫁，随丈夫去了伦敦，家信一年不过两三封。太一郎还不能自立，当然闭口不谈婚事。

不过，太一郎送坂见庆子出去，一直迟迟不卣，大木也有些不放心了。

大木在书房里隔着后窗的小玻璃向外望去。战争时期，挖防空壕挖出的泥土，还高高地堆在山脚下，已经杂草丛生。杂草中，遍开着深蓝色的小花。草长得很矮，几乎看不大见。花也极小，但却蓝得十分浓艳。大木家的院子，除了瑞香，就数这种小蓝花开得最早，而且也开得最久，也不知花名叫什么。虽说不上是报春的花，因靠近书房的后窗，大木常想去摘一朵那娇弱的小花看个仔细，但总也未去。因此，对这蓝色的小花，愈增爱惜之情。

草丛里的蒲公英也开了。蒲公英的花期也很长。此时，蒲公英的黄花与点点小蓝花，在苍茫的暮色中若隐若现。大木凝目望了很久。

太一郎仍未回家。

满　月　祭

　　上野音子打算带女弟子坂见庆子，上鞍马山去看"五月的满月祭"。这里所说的五月，是指阳历，而满月，当然是阴历。头天夜里，月上东山，悬挂在晴朗的天空。

　　"明天也会是一轮明月的。"音子在廊下赏月，对着庆子说。所谓满月祭，是赏月的人让月映酒中，举杯而饮；倘若天阴无月，那就太煞风景了。

　　庆子也来到廊前，一手轻轻搭在音子的背上。

　　"五月的月亮呀。"音子说。庆子没点头，也没开腔，隔了一会儿却说：

　　"先生，现在到东山的高速公路上，或者大津那边，看琵琶湖上的月光好不好？"

"琵琶湖上的月光？那有什么稀罕！"

"小酒杯里的月光，难道比大湖上的月光还要好吗？"说着，庆子坐到音子的脚下。

"先生，院子里的夜色好美！"

"是吗？"音子将目光投向院子，"庆子，给我拿个坐垫来，顺便把屋里的灯熄掉……"

在廊前坐下，寺里的僧房遮住了视线，从厢房这里，只看得见里院。院子毫无雅趣可言，一半沐浴着月光。石头上也半是月光半是阴影，明暗不一。白杜鹃花开在暗处，似在飘浮。虽到五月，依旧红艳艳的枫树上，新抽的嫩叶才刚萌出绿意，在夜色中，显得黑黝黝的。春天的时候，许多游客常把红枫的嫩叶错当成花，还问："这是什么花呢？"

"要不要沏壶新茶来？"庆子问。这么一座平淡无奇的院子，音子为什么一直要这样瞧着？庆子心里有点纳闷。音子面对半庭朗月，一动不动，像在低头沉思。

庆子回到廊下，一边沏茶，一边说：

"先生，听说罗丹那座《吻》的模特儿，还在世呐。我在一本什么书上看到的，当时脑子里浮起那件雕塑，简直不可思议呢。"

"是吗？因为你年轻，才会这样说。当了表现青春名作的模特儿，难道年纪轻轻就该死掉吗？哪有这种道理呀！专门打听模特儿隐私的那些人才可恶呢。"

庆子寻思，自己无意中的一句话，难道竟让音子想起大木年雄那本《十六七岁的少女》吗？可四十岁的音子，依然是美的。庆子若无其事地接着说：

"读了《吻》的模特儿的事，我当时曾想，趁现在还年轻，应该求先生给我画张像留着。"

"如果我能画得了，当然好。倒不如你自己试着画张自画像，你说呢？"

"我怎么行……一来画不像，画了，也会将内心的丑恶表露出来，变成一幅可憎的画了。再说，为画自画像倒用起写实的手法，人家准要认为我是孤芳自赏呢。"

"你居然想用写实手法画自画像？岂不是自相矛盾？不过，谁知你以后会怎么变呢。"

"我要先生给我画。"

"我要能画得了，当然好。"音子重复道。

"不是先生的爱心减弱了，便是先生怕我。"庆子尖着声音说，"要是男画家，准乐意给我画。尤其是裸体画……"

"看你说的。"对庆子的怨言，音子并不感到意外，"既然这样，就画画看吧。"

"啊，我好开心！"

"裸体可不行！女人画女人的裸体，不会觉得有多大意思。尤其画我这种日本画。"

"我要是画自画像，就画跟先生两人在一起的。"庆子撒娇地说。

"构图时，如何把两人放在一起呢？"

庆子神秘兮兮地笑着说："先生若肯画我，我的画就可以用抽象手法，叫谁都看不懂……您就不必担心啦！"

"我倒不是担心。"音子啜着清香的新茶。

这是音子去茶园写生时，人家送的新茶。那时已经开始采茶了，但她的写生画里却没有采茶姑娘。整个画面，满是一垄垄圆坨坨高高低低的茶树。音子连着去了几天，画了好几张。因时间不同，照在茶垄上的日影各呈异趣。庆子也跟着去了。

"先生，这不是抽象画吗？"庆子问。

"要是你画的话。可就我来说，仅有绿色，已够大胆的了。只要那嫩绿与老绿，在柔和圆润的波浪形与色彩变化之间，能够调和就行。"

在画室里，依据多幅写生所画的草稿已经完成。

不过，音子之所以要画茶园，倒并非仅是着意那浓淡不一的色彩，以及起伏变化而错落有致的线条。当年同大木年雄的爱情破裂之后，跟着母亲躲到京都，东京京都之间，曾经几度往返。那时，留在音子心中的，便是从车窗中所见静冈一带的茶园。有时是中午的茶园，有时是黄昏落照下的茶园。当时，音子只是一个女学生，还没有要当画家的打算，望着茶园的景色，与大木离别的悲哀，一阵阵涌上心头。东海道的沿线，有山，有海，还有湖，随着时间的推移，连浮云也会染上感伤的色彩。毫不起眼的茶园，何以竟会打动音子的心？这固然无从知道，但也说不定，是茶园那沉郁的绿意，夕照中茶垄上浓重的阴影，沁透到她的心底。而且，茶园不是天然的，是人工的，垄上的阴影又深又浓。还有一丛丛圆圆的茶树，宛如一群温顺的羊。离开东京前，一直伤心悲切的音子，到了静冈一带，她的悲哀恐怕正达到顶点吧。

看到茶园，音子又生起那缕悲哀之情。于是，便去画速写。或许连她的弟子庆子都没觉出音子心中的那份悲哀。走进新芽萌出的茶园，并无东海道线上窗内所见茶园的那种沉郁，翠绿的新芽，一派鲜亮明快。

庆子读过《十六七岁的少女》，在枕边那些毫无顾忌的悄悄话中，也听说过大木的事。知道得虽多，却终究没有察觉，茶园的写生画中，音子表达了她经久不渝的爱的悲哀。随她前往茶园写生的庆子，很喜欢那一丛丛茶树的圆线条所呈现的抽象风格，可画了几幅素描之后，竟又逐渐离开写实的画法。音子看了她的素描，哑然笑了起来。

"先生，您是纯用绿色的吧？"

"是啊。画的是采茶时节的茶园嘛。关键是把绿色的变化调配得好。"

"我想来想去，是用红色呢还是紫色？乍一看，哪怕看不出是茶园都不要紧。"

庆子的那幅草图也立在画室里。

"这新茶真的好喝。庆子，再沏一壶来。用你的抽象派手法。"音子笑着说。

"抽象派手法？……要不要沏成苦得让您没法喝？"

"那就是抽象派吗?"

庆子在屋里娇声笑道。

"庆子,你上次回东京,去过北镰仓他家吧?"音子的声音略带生硬。

"去过。"

"为什么?"

"年初到京都站送行时,大木先生说要看我的画,叫我送去。"

"……"

"先生,我要为您报仇。"庆子冷静地说。

"报仇?"音子没料到庆子会说出这话,一时感到愕然,"报仇?为我?……"

"是的。"

"庆子,来,坐到这儿来!咱们一边品尝你用抽象派手法沏的苦茶,一边聊聊好不好?"

庆子默默地挨着音子的腿坐下,端起茶杯。

"哎呀,真的好苦。"庆子皱起眉说,"重沏一壶吧?"

"不用了。"音子按住庆子的腿说,"你说要报仇,究竟要报什么仇?"

"您不是知道的吗?"

"我可从来都没想过,要报什么仇。也没有好怨恨的。"

"因为您还在爱他……您没法儿不爱他一辈子……"庆子顿了顿,说道,"所以,我才要给先生报仇。"

"为了什么呢？……"

"我嫉妒哪。"

"咦？"

音子把手放在庆子的肩上，她那年轻的肩膀竟自僵得颤了起来。

"先生，我说的对不对？我全知道。我不喜欢那样。"

"好厉害呀，这孩子！"音子温和地说，"你说报仇，什么仇呢？怎么回事？你想怎么办？"

庆子低着头，一动不动。院子里，月光照的地方越来越宽。

"为什么要到北镰仓他家去呢？也不跟我说一声……"

"大木先生伤透您的心，我想去看看他的家。"

"都见到谁了？"

"只见到他儿子太一郎少爷。我觉得跟他父亲大木先生年轻时一模一样。说是大学毕业之后，一直在研究镰仓和室町时的文学。对我非常殷勤，带我去了圆觉寺和建长寺，甚至还领我去了江之岛呢。"

"你在东京长大，那些地方对你没什么稀罕不是？"

"可不。不过，以前只是走马看花而已。现在江之岛变了好多哦。断缘寺的故事也非常有趣。"

"你说的报仇，便是引诱那位太一郎少爷吗？还是你受他引诱？"音子把手从庆子肩上放下来，说，"那么说，该嫉妒的，应当是我喽。"

"哎哟，先生还会嫉妒？我好快活！"说着，搂住音子的脖子，靠了上去，"噢，先生，除了您上野先生之外，不论对谁，我都可以当一个坏妞，一个魔女。"

"你拿去两张画吧？两张自己喜欢的画，是不是？"

"坏妞也愿意开头给人一个好印象嘛。后来，太一郎来信，说我的画挂在他书房的墙上了。"

"是吗？"音子静静地说，"这就是你为我报的仇吗？使出的头一手？"

"对。"

"太一郎那孩子，当时还非常小，对大木先生与我的事，什么都不知道。听说大木先生跟我分开不久，又生了一个叫组子的女儿，比起太一郎来，他妹妹倒更叫我伤心呢。现在想想，也就那么回事吧。他妹妹大概已经出嫁了吧。"

"那么说，先生，就先去破坏他妹妹的家庭生活好不好？"

"胡说什么呀，庆子！不管你多漂亮，多媚人，动不动就开这种玩笑，未免太狂了。这也正是你的致命之处呀。这可不是什么儿戏或者是恶作剧。"

"有上野先生在嘛，有什么好怕的？更没什么可迷惑的。要是离开先生，我还能画什么？恐怕早丢开手不画了。随着性命一起……"

"别说得那么吓人。"

"去破坏大木先生的家庭，先生当时办不到吧？"

"因为我那时只是一个小小的女学生……而大木先生，已经有了孩子……"

"要是我，就非毁了它不可！"

"说是这么说，家庭这玩意儿可是相当牢固的呢。"

"甚于艺术吗？"

"怎么说呢，这个嘛……"音子侧着脸，略显悲哀的神情，"我那时，对艺术之类，想都没想过呢。"

"先生，"庆子转过脸，轻柔地抚弄着音子的手腕，追问似的说，"那您为什么要叫我去京城饭店接大木先生？又打发我去京都站给他送行呢？"

"因为庆子又年轻，又漂亮嘛。是我的得意门生哪。"

"先生对我都不肯说真心话，我不干！那一次，我从头至尾仔细观察过先生。以我这双嫉妒的眼睛……"

"是吗？"音子凝视着月光下庆子那双闪亮的眸子，说，"我不是有意要瞒你。我被迫离开他的时候，虚岁才十七岁。而现在，我成了一个没有腰身的中年女人了。说老实话，我真不大想跟他见面。会让他感到幻灭的。"

"幻灭？您说他会感到幻灭？这话不是该咱们说的吗？我尊敬上野先生，但对大木先生，却感到了幻灭。我一直待在先生身边，所见到的年轻男人，没一个像样的，本来以为大木先生有多了不起呢，一见了面，竟彻底地幻灭了。听先生的回忆，一直以为他是个出众的人物。"

"刚见一两次，是不会知道的。"

"我知道。"

"你知道什么？"

"大木先生也罢，他儿子太一郎也罢，要引诱，容易得很。我……"

"吓，你这人，说这话多可怕呀！"音子胸口发紧，脸色发青，"庆子，你这样自负，对你自己，也太可怕了。"

"没什么可怕的。"庆子压根儿无动于衷。

"怎么不可怕？"音子又说了一遍，"那不跟妖妇一样了吗？不论你有多年轻，长得多美……"

"如果那就叫妖妇，差不多的女人都该成妖妇了。"

"是吗？你是别有用心，才把自己喜欢的画，送到大木先生家里去的？"

"不，引诱人哪儿用得着画儿呀。"

对庆子的自命不凡，音子也无可奈何。

"我是先生的弟子，所以才拿两幅自己觉得最好的画去。"

"那倒要谢谢你了。可是，听你的话，到车站去送行，不过随便打个招呼而已，也无须送画儿不是？"

"已经答应他了嘛。何况我想到大木先生家去看看，也没有别的好借口呀。再说，大木先生看了我的画，会是一副什么表情，说些什么话……"

"幸好他不在家。"

"我想，那画他随后就会看到的，只怕他看不懂。"

"那倒不见得。"

"他的小说，比《十六七岁的少女》更好些的，后来不是也写不出来了吗？"

"那不一样。那是拿我当模特儿，把我理想化了，也是你的偏爱。因为是青春小说，自然会得到年轻人的喜爱。他后来的作品，有的要么是因为你年轻看不懂，要么是你不喜欢，我是这么看的。"

"可是，万一大木先生作古，作为能传世的代表作，还不是那部《十六七岁的少女》！"

"别说这种丧气的话！"音子厉声地说，把手腕从庆子的手中抽出来，又挪了挪腿。

"还那么恋恋不舍的！"庆子也不高兴了，"人家要替您报仇哪……"

"不是恋恋不舍。"

"是爱……是爱情吗？"

"也许是的。"

音子离开月光半洒的廊子，进屋去了。庆子留在那里，两手捂着脸。

"先生，我也把献身视为生活的意义呀。"她声音发颤地说，"可像大木先生那种人……"

"原谅我。那时我才十六七岁。"

"我要给您报仇。"

"即便你要为我报仇，我的爱还是不会泯灭的。"

廊子上传来庆子的呜咽声，她蜷着身子倒在廊子上。

"先生，您画我吧……趁我还没变成您所谓的妖妇之前……求您了，裸体也行。"

"那好吧，以我的爱来给你画。"

"好开心。"

音子藏着好几幅早产婴儿的画稿。一直瞒着别人，连庆子都没让看。题为《婴儿升天图》，原打算正式成画，结果几年过去了。她当然也翻过一些画册，想参考一下西洋圣母圣婴像中的基督或天使，但都是那么白白胖胖结实健壮，与音子悲哀的心境很不相符。她也曾看过三四幅日本古代名画《稚儿太子图》，端丽之中固然不乏日本特有的情趣，也能与音子的心灵沟通，但画像上的太子却不是婴儿，更不是升天图。音子的《婴儿升天图》，也不打算直接采取升天的构图，而让其蕴含升天的意韵。但是这幅画，究竟到哪年哪月才画得成呢？

因为庆子要音子画她，所以音子想起很久没有拿出来看过的《婴儿升天图》画稿。把庆子画成《稚儿太子图》那样，不知妥当不妥当？那会是一幅带有古典风格的圣处女像了。古代的《稚儿太子图》，属于佛教绘画一类，其中有的画有说不出的妖艳。

"庆子，那就让我来画你吧。方才我想好一个构图。要画成佛像的样子，所以举止上，这么没规矩可不行。"音子说。

"佛像？"庆子惘然坐了起来，"我不愿意，先生。"

"先画画看再说嘛。佛像中也有很多艳丽的，画成佛像的样子，再加个标题：一个抽象派青年女画家。岂不是很有意思吗?"

"您在开玩笑。"

"当真的。画完茶园就动手。"音子回头朝房间看过去。她和庆子画的茶园草图,并排立在墙边。墙的上面,挂着音子母亲的画像,是音子所绘。

音子的目光落在母亲的肖像上。

画中的母亲,年纪很轻。看上去,恐怕比现年四十的音子还显得嫩相。画这幅像的时候,音子是三十二三岁,也许她把自己的年纪画成肖像中的年纪了。说不定是自然而然就把母亲画得那么年轻而美丽。

坂见庆子头一次来的时候,望着画像说:

"是先生的自画像吧?真美呀。"

音子没说是母亲的肖像。心里寻思,难道别人都会当成是自画像吗?

音子与母亲很相似。其相似之处多半都表现在画上了。也许是出于对亡母的思念吧。母亲的肖像,也不知画过多少张。起初,把母亲的照片放在旁边,照着画。可是,没有一张画得称心的。索性撇开了照片。于是,幻觉中,母亲恍如模特儿,坐在眼前。那形象栩栩如生,胜似幻影。她接连画了几张,倾注全部的心血,下笔越发挥洒自如,可是,时时泪眼模糊,不得不停下手来。而且,画着画着,音子也发现,母亲的肖像成了她自己的自画像了。

现在,挂在茶园草图上边墙上的,是最后画的一张。先前画的几张母亲肖像，音子全烧掉了。只有像音子自画像的一张，作为母亲的肖像画保留了下来。音子想，这已足够了。音子看着这张画，眼里闪出一缕悲伤，那是别人无法感知的。画与音子，息息相通。直到这张肖像画定稿，音子花了多少时间啊。

除了这幅肖像画，音子从没画过人物画。即使画过，也仅是在风景中当点缀而已。今晚，她之所以动了心要画人物，是庆子央求的结果。长久以来，一直想要画的《婴儿升天图》，音子并未当人物画看。但是，因要画庆子，而联想到《稚儿太子图》，便打算画成古典风格的圣处女像，也许是她心中终究存着《婴儿升天图》的缘故吧。既然画过母亲的像，还要画死去的婴儿，那么贴身弟子坂见庆子也是该画的吧。这不正是音子的三份爱心吗？尽管这爱截然不同，却无疑是三种爱。

"先生，"庆子叫道，"瞧着您母亲的画像，您心里准在寻思，我的像该怎么画。可对我，当然不会像对您母亲那么爱，就以为画不了，是不是？"说着，庆子把腿靠了过来。

"你这人好别扭。妈妈这张画，现在看起来，觉得不满意呢。跟画这张画时相比，我现在多少会有些长进。不过，画得虽然不大好，却是花了工夫，凝聚了我的心血，自然要觉得亲切些。"

"我的画，您用不着那么苦心孤诣的。尽管自由放开……"

"那可不行。"音子心不在焉地回答。眼睛凝望着母亲的肖像，心里充满了对母亲的回忆。庆子就是在这时候招呼她的。音子收回心来，眼前却又浮现出古时的《稚儿太子图》来。所谓太子，在不少画像上看着像是美丽的女童或少女，但都是一些"稚子"。虽然不乏佛像高雅的气度，却是十分的艳丽。在中世纪女子禁入的僧院里，便成为同性恋者对那些美如少女的美少年衷心爱慕的象征。音子为画庆子的肖像，首先萌发《稚儿太子图》式的构思，其中难免不含有这种私情。稚儿太子的头发是女童的发式，现在叫作刘海儿。但上衣与裙裤是古色古香的锦缎，现在已经无处搜求了。除非拿戏装或别的衣裳重新改做。尽管构图上仿照"稚儿太子"，但无论如何，如果作为现代少女庆子的服装，终究是嫌太过古老。

庆子说"裸体也行"，或者就照她说的，索性画成裸体，不知行不行？佛像里，未尝没有露出女性乳房的。但若仿《稚儿太子图》来构图，画成裸体，那么发式该画什么样子才好呢？思之再三，音子终觉自己实在力不从心。

"庆子，该睡了吧。"音子说。

"这么早？多美的月夜呀！"庆子回头看了看房里的台钟，"先生，差五分不到十点呢。"

"我有点累了。躺下来说说话不好吗？"

"好吧。"

音子在镜台前擦脸的工夫，庆子已把两人的被褥铺好。

做这类事，庆子非常麻利。等音子站起来，庆子开始对镜卸妆。低下修长的脖颈，凝视着镜中的面孔。

"先生，我这张脸不适宜画成佛像呢。"

"只要带着宗教的心便成。"

庆子取下发卡，摇摇头。

"散开头发吗？"

庆子梳着披散下来的头发。

"先生，令尊去世的时候，您多大？"

"十二岁。都问过几次了，你不是知道的吗？"

"……"

庆子关了纸拉门，又关上与画室之间的拉门，然后躺到音子身旁。两床紧挨，没有留下空隙。

这四五天里，睡觉时没关外面的挡雨板。朝向院子的纸拉门上，映着月色，微明薄暗。

——音子的母亲死于肺癌。

"音子，你还有一个异母的妹妹。"

这话母亲终于未能告诉音子。音子至今还一无所知。

音子的父亲是经营生丝和丝绸的贸易商。大殓那天，许多送葬的人在灵前烧香祭奠，照规矩行事而已，只有一个像是混血儿的年轻女人，母亲觉得与众不同。这个女人烧完香向遗族行礼时，眼睛已经哭肿，看得出是用冰或冷水镇过的。

母亲心里一惊。以目示意，招呼站在遗族一旁丈夫的秘书。

"方才那个像混血儿的女人，她的名字和住址，请你马上到接待处去查一查。"母亲凑近秘书的耳朵，小声吩咐说。后来便根据那个住址，打发秘书去调查后得知：据说祖母是加拿大人。这个女人嫁给了一个日本人，国籍倒是日本，但毕业于美国学校，现在在当翻译。跟一个中年女佣，住在一起。

"没有孩子吧？"

"听说有个小女孩。"

"你，见到那个孩子了？"

"没有，听她邻居说的。"

音子的母亲觉得，那女孩准是丈夫的孩子。要想查清楚，固然有不少办法，但想等女方来，看她说什么。结果却没来。半年多以后，音子母亲听秘书说，女的带着孩子嫁人了。从秘书口里得知，那个混血女人，曾是丈夫的情妇。丈夫已经过世，随着时间的流逝，嫉妒也罢，气恼也罢，都渐渐地淡薄了。有心要把那女人的孩子领回来。既然是带着孩子嫁过去的，幼小的孩子想必会把女人的丈夫当成自己的亲生父亲吧？丈夫的孩子，就会认一个没有血缘关系的男人为父，长大成人。音子的母亲有时甚至觉得好像失掉什么宝贝似的。这不仅因为音子是独生女的缘故。可是，音子才十二岁，父亲背地里有情妇和私生女儿的事，当然不能告诉她。母亲临死时，音子的年纪已是可以告诉她一切了。在临终的痛苦中，母亲虽然犹疑苦恼，却终于未说。所以，直到今天，音子做梦也不会想到，还有这样一个异母妹妹。至于异母妹妹怎样了呢？不但到了可以知道一切的年纪，照理，结婚也该有几年了，有了孩子都没准儿。但对于音子，可以说等于没有这个异母妹妹……

"先生，先生！"音子被庆子叫醒，"是不是叫什么魇着了？好难过似的……"

"啊！"音子喘着粗气，庆子给她摩挲胸口，自己则支着胳膊，半抬起身子。

"你看见我魇着了？"音子问。

"嗯，有一会儿……"

"唉，你真讨厌。人家做梦呢。"

"什么梦？"

"梦见一个绿色的人。"音子的声音还没有镇静下来。

"是个绿衣人吗？"庆子问。

"不，不是穿的衣服，好像浑身都是绿的，连手呀脚呀也是。"

"是绿色绘不动明王像？"

"别开玩笑。形象没有不动明王那么可怕。是一个浑身发绿的人，绕着床飘来飘去。"

"是女的吗？"

"……"

"是好梦。先生，这是一个好梦呀。"

庆子的手掌捂住音子的眼睛，让它合上，另一只手拿起音子的手指，放进嘴里咬了口。

"好痛！"音子这下清醒了。

"先生，您说要给我画像是吧？您把我同茶园搞到一起了呀。"庆子在给音子圆梦。于是音子说：

"会是这样吗？你睡着了，还在我周围，转着圈荡来荡去的？真吓人。"

庆子把脸伏在音子胸口，带点疯劲儿，哧哧地笑着。

第二天，两人按计划于傍晚上了鞍马山。寺院里来了许多善男信女。五月的长日，已向四周的峰峦，高耸的树木，垂下夜幕。对面京都市街的东山上，已经升起一轮明月。殿前两侧，点起了篝火。一干僧众走了出来，开始诵经。首座穿着红袈裟。

善男信女人人手持蜡烛行进。殿前正面放一只大银杯，里面盛满水，水中映着满月。然后将水舀在一一走上前去的善男信女的掌心，一饮而尽。音子和庆子也依样做了。

"先生，等回到家，不动明王的绿脚印，一定会留在房间里的。"庆子说。

这便是山上的情景。

梅　雨　天

　　大木年雄每当小说写到半途，感到厌倦或者写不下去了，便躺到廊下的躺椅上歇着。如果是在下午，多半就那么睡上一小时或一个半小时。养成这种午睡的习惯，还是最近一两年的事。从前逢到这种时候，都是出去散散步。然而，长年住在北镰仓，圆觉寺、净智寺、建长寺这些寺院，以及近处的各山各景，早已了然于胸。而且，惯于早起的大木，清晨总要散一会儿步。他的习惯是，只要一醒，在床上便躺不住。这样晨起散步，使清早来打扫拾掇的女佣也不必有所顾忌。而且，晚饭前，还要散好长一会儿步。

　　书房的廊子很宽，角上摆了一张写字台。一会儿坐在书房的席子上写，一会儿坐在廊下的椅子上写。廊下还准备了一把躺椅，颇为舒适。只要躺到这把椅子上，写作的烦恼，当即会抛诸脑后。说来也真怪，夜里，工作中间休息时，睡不深，还常常做些与工作有关的梦，可在廊下的躺椅上，立刻便能入睡，什么事都跑得一干二净，好不醋畅。年轻时没午睡的习惯。午饭后，客人经常接连不断，压根儿没工夫午睡。写作也在夜里，大抵是从半夜写到天亮。因为把工作从夜里改成白天，结果便习惯午睡了。午睡的时间倒不固定。写得不顺手时，便去躺椅上躺躺。有时在午饭前，有时在傍晚后。夜里工作，累了以后反会有种飘飘然的感觉，但白天，却难得有。

"写不下去便午睡，这算什么事！还不是上了年纪衰老的原因。"大木心想，"可这真是一把魔椅。"

廊下的这把躺椅，只要躺上去，总能睡得着。而且，一旦醒来，便神清气爽。原本晦涩的文笔，突然发现新的思路，也并不罕见。的确是一把魔椅。

季节已进入了梅雨天。这是大木最感腻味的季节，因为海上来的潮气会很重。天空也低垂下来。大木右额角上，因为凝重的阴云而感到沉甸甸的，脑袋上的皱褶都像要发霉似的。所以，有时午前午后，竟要躺在魔椅上睡两觉。

"京都来了位姓坂见的客人。"女佣通报说。

大木刚睡醒，还躺在躺椅上，没有答话。

"是不是拒绝掉，说您在休息？"女佣问。

"不用。是位小姐吧？"

"是的，以前来过一回……"

"请她到客厅里吧。"

大木又埋下头，闭上眼睛。午睡之后，梅雨天的慵懒已经减轻了几分，但是，听说是坂见庆子来访，便像淋过清水浴一般。大木站起来，果真去用水洗了脸，还擦了身，然后才走进客厅。庆子一见大木，立即从椅子上站起来，微微红着脸。大木有些惊讶。

"你来了。"

"突然来叨扰……"

"哪里哪里，春天那次来，我到附近山上散步去了。多待一会儿就好了。"

"那次多承太一郎少爷送我。"

"我听说了。还带你去过镰仓一些地方吧？"

"去过了。"

"你是在东京长大的，镰仓这些地方，应该没什么可稀罕的。再说，跟京都、奈良比，镰仓也没有特别值得一看的地方，是不是？"

"……"

庆子盯住大木的面孔，说："海上的落日可美得很呢。"

难道儿子带着庆子，连海边都去过了？大木心里一惊，嘴上却说：

"元旦早上，你到京都站送行之后，还是头一回见面哪。有半年之久了吧？"

"可不。先生，半年是不是很久呢？先生觉得很久吗？"

对庆子这微妙的问话，大木摸不透她的本意。

"说久，也久。说短，也短吧。"

庆子的神情似乎嫌他回答得无聊，没有一点儿笑容。

"譬如说，你有个心上人，半年不见，就会觉得很久吧？"

"……"

庆子的脸上仍摆出那副嫌他无聊的神情。只有那双有点蓝盈盈的眼睛，挑逗似的盯住大木。大木有些沉不住气了。

"怀胎半年，在腹中就会动了。"大木这样说，庆子听了也不怕难为情。

"节令已从冬天到了夏天。眼下这梅雨天，最让我腻烦……"

"……"

"关于时间，自古以来有许多人做过哲理的思考，却似乎没有一个令人满意的解答。时间能解决一切，这种世俗的见解，虽说根深蒂固，但我仍抱怀疑。还有，一死万事休，不知庆子小姐以为如何？"

"我还没那么厌世呢。"

"这跟厌世不是一回事。"大木拦住她的话头，"不错，时间固然一样长，但我的半年与年轻的庆子小姐的半年，却是截然不同的。譬如说，患了癌症，只有半年寿命的人，他的半年又有所不同吧。还有，因意外的车祸而顷刻丧生的人；以及战争……即使没有战争，也有可能被杀。"

"可您不是堂堂的作家吗?"

"只会留下让人脸红的作品罢了……"

"让人脸红的作品是留不下来的。"

"不错,真那样的话,倒求之不得了。但却未必如此。如果真如你所说,我的作品,全部该失传了。那对我倒反而好了。"

"哪儿的话……先生写我师父的那本《十六七岁的少女》,必能传世,您不是很清楚吗?"

"又是《十六七岁的少女》!"大木沉下脸来,"怎么,连音子小姐的弟子,也说这种话?"

"因为我就在音子先生的身边嘛。对不起。"

"不,没什么……令人徒叹奈何……"

"大木先生,"庆子的表情忽然变得生气勃勃,说道,"在我师父之后,您是不是又恋爱过?"

"这个嘛,嗯,有过。尽管没发生像音子那样的悲剧……"

"为什么不把那些也写出来呢?"

"是啊,那是……"大木迟疑了一下,说道,"因为有言在先,不许把对方的事写出来,结果就写不成了。"

"哟!"

"作为作家,这也许是一种自馁。写音子时的那种青春热情,恐怕是再也激发不出来了。"

"要是我,随先生怎么写都成。"

"什么？"大木吃了一惊。大年夜音子派庆子到京城饭店去接，元旦又赶到京都站来送行，再加今天来北镰仓家里造访，统共只见过三回，每次见面，都谈不上是真正的会面。那又如何去写她呢？小说里，充其量是借庆子的花容月貌，写一个虚构的女人罢了。庆子说跟儿子太一郎去过镰仓的海边，是不是当时发生了什么事？

"那我，便有一个好模特儿了。"大木想借笑声掩饰过去，可一见庆子，他的笑意已被庆子那双撩人的媚眼吸了过去。水汪汪的，好似泪光。大木再也说不出话来。

"上野先生说，要给我画像。"庆子说。

"是吗？"

"今儿个我又带来一张画，想请先生过目。"

"嗯？抽象画我可不大懂。这间屋子窄，到那边大房间看吧。上回的那两幅画，小儿都挂在书房里了。"

"今儿个他没在家吗？"

"嗯，今天他去研究室，然后到私立大学教课。我内人去看古典木偶戏了。"

"只有先生一个人，太好了。"庆子的声音非常低。说着走到门口，把放在那里的画拿到房间。画镶在简洁的白木框里，以绿色为基调，又随意涂上各种色彩，不拘一格，整幅画面，宛似翻滚的波浪。

"先生，这在我，算是写实的作品，画的是茶园。"

"嗯？茶园？……"大木边看边说，"像似波浪翻滚的茶园呢。也是充满青春气息的茶园啊。头一眼，我还以为是内心热情迸发的抽象画呢。"

"太高兴了，先生。这样看也可……"庆子跪在大木身后，下巴颏儿几乎要触到大木肩上。一缕甜丝丝的气息，吹拂着大木的头发，暖洋洋的。

"大木先生，这张画，您从这张画上，感受到我内心的波澜，我真是好开心呀。"庆子说，"以一幅茶园的画而论，也许太拙劣……"

"实在充满青春气息啊。"

"到茶园去，总归要写生的，但我，把那些看成茶树和茶垅，也只是开头的半小时或一个小时而已。"

"是吗?"

"茶园，静极了。不过，那一道道圆圆的嫩绿色波浪，高低起伏，好似滚滚而来，结果就成了这个样子。这可不是抽象画呀。"

"茶园抽出新芽的季节，是朴素无华的。"

"先生，我还不懂，什么叫朴素无华。无论绘画，还是感情……"

"连感情也……"大木一转身，肩膀正碰到庆子丰满的前胸。而庆子的一只耳朵恰在眼前。

"说这种话，难保不把这只漂亮的耳朵割下来呢。"

"我哪儿有凡·高的天才，只要别人不给咬掉……"

"……"大木一怔，倏地转回身去，贴着大木跪在身后的庆子险些摔倒，庆子一把抓住大木。

"什么朴素无华的感情，我顶讨厌了。"庆子就势说道。大木如果手臂一用力，庆子就会扭身倒在他腿上，仰着胸脯，像等人接吻的样子。

可是，大木手臂没有动。庆子仍保持着那个姿势。

"先生。"庆子悄声低语，凝视着大木。

"耳朵的形状既可爱又漂亮，侧面美得简直有些妖气。"大木说。

"真高兴。先生能说这话。"庆子修长的脖颈微微泛红，"您的话，我会终生不忘的。但先生所说的美，又能保持多久呢？想到这里，身为女人，真是可悲呀。"

"……"

"让人瞧着虽然难为情，但给先生这样的人看，却是女人的福气。"

庆子这热烈的话语，大木听了十分惊奇。倘若在相爱中，恐怕就不足为奇了吧？

大木声音不大自然地说：

"我也好福气哟。想必你还有很多美丽之处。"

"真的吗？我只是个糟糕的画家，不是模特儿，所以不知道……"

"画家可以公然以人体为模特儿，作家却不能。这一点，有时真叫人不服气。"

"如果有用得着我之处，尽管请……"

"那太多谢了。"

"先生，方才我说，要是我，随先生怎么写都成。不过，先生的幻想或是空想，比我本人实际上还要美，虽然有点儿悲哀，但也没关系。"

"要抽象的，还是写实的？"

"那就悉听尊便……"

"但是，美术模特儿与文学模特儿，压根儿是不一样的。"

"我明白。"庆子眨着浓密的睫毛说，"就说我画的茶园吧，尽管幼稚，可不是画的茶园，也不是自然的写生，而成为描绘我自己的作品……"

"任何绘画都是如此吧。不限于抽象或具象。就美术而言，不是人体，恐怕是不能称作模特儿的。小说的模特儿，也单单指的是人。风景咧，花咧，不论怎样写，都不能叫作模特儿。"

"先生，可我是人哪。"

"是个美人儿。"大木的手放在庆子的肩上，把她扶了起来。

"美术的模特儿，如画裸体，仅摆一个姿势便可以了，但小说的模特儿，单是这样恐怕就……"

"我知道。"

"这样说，行吗？"

"行。"

年轻的庆子大胆如许，大木倒不免有些畏怯。

"小说中的女孩子，兴许可以借助你的容貌……"

"那多没意思。"庆子娇媚地看着大木。

"女人真是奇怪。"大木躲闪似的说道,"有人硬是以为写的是自己,自己成了小说里的模特儿,有那么两三个呢。全是作者所不认识,毫无关系的女人……也不知她们胡思乱想些什么。"

"身世可怜的女人多着呢。让胡思乱想缠住,依我看,那是一种自我安慰。"

"是不是脑筋有毛病呢?"

"女人的脑筋容易有毛病。先生难道就不会叫女人脑筋出毛病吗?"

此话问得突然,大木竟回答不出。

"先生就那么冷眼瞧着女人出毛病?"

"嗯?"大木不知所措,把话岔了开去。"不过,跟美术的模特儿不同,小说的模特儿嘛,是无偿的牺牲。"

"为他人牺牲,我顶愿意哪。能为什么人牺牲,或许正是我生活的意义所在呀。"

庆子的话,大木颇感意外,于是接过话头说:

"对庆子小姐来说,那是一种极端任性的牺牲。反过来也要求对方做出牺牲……"

"不,先生,您错了。牺牲的本质是爱,是憧憬。"

"庆子小姐现在为之奉献牺牲的,是音子先生吧?"

"……"

"是吧?"

"也许是吧。可音子先生是女人呀。女人为女人奉献牺牲，这种生活是没有纯洁可言的。"

"哦，这我就不懂了。"

"两个人难免都要毁掉……"

"两个人都要毁掉？"

"可不是。"

"……"

"只要有一点点游移，我都讨厌。哪怕五天，十天也好，只求能彻底忘掉自己。"

"即便结婚，也难做到呀。"

"结婚算什么，想结，早不知有过多少机会呢。结了婚，忘我的牺牲，就长不了了。先生，我不愿意回顾自己。方才也说过，朴素无华的感情之类，我真是顶讨厌不过了。"

"跟心爱的人在一起，四五天下来，便唯有自杀，别无出路，这种话最好别说。"

"是呀，自杀我倒一点都不怕。比自杀更令人讨厌的，是失望与厌世。就算给先生掐死，也是福气。哎呀，不，在那之前，得先当先生的模特儿……"

大木年雄不能不疑心，庆子是来勾引自己的。仅凭今天的行止，虽不能断定庆子就是妖妇，但作为小说里的模特儿，倒是一个相当有趣的女孩子。可是，爱上庆子再分开，难保庆子又像《十六七岁的少女》音子那样，事后住进医院的神经科。

今年初春，坂见庆子拿自己的两张画《梅》与《无题》来访时，大木年雄外出散步，正从北镰仓的山头眺望晚霞，不在家里，是儿子太一郎接待的。照今天庆子的话来看，太一郎送她出去，不仅到北镰仓的车站，甚至还到了镰仓的海滨。显然，太一郎叫庆子的妖媚给迷住了。

"但儿子不中用。会给庆子毁掉的。"大木心想，"倒不是因为年岁相差而嫉妒。"

庆子对大木说："这张茶园的画，要能放在先生的书房里，真不知有多开心呢。"

"行啊，就这样办吧。"大木不大情愿地回答。

"夜里，在光线微暗的地方，希望您能看上一眼。那时，茶园的颜色会沉落下去，那些随手涂的色块便能浮现出来。"

"嗯？还会做个奇怪的梦吧？"

"什么梦呢？"

"嗯，年轻的梦吧。"

"好开心。您竟说出这样令人开心的话。"

"你不是很年轻吗？茶园里圆圆的重重波浪，当是音子先生的陪衬，而让人看不出新茶嫩绿的那些色彩，那就是庆子小姐你啊。"大木年雄说。

"先生，哪怕一天也好……然后，先生尽管塞进壁橱的角落里，随它落满灰尘好了。反正是张蹩脚的画，改天我再来用小刀割碎。"

"咦？"

"是真的呀。"庆子的神情，温柔得出奇，"画得不好嘛。只要一天就行，放在先生的书房里……"

"哦——"

大木一时无言以对。庆子默默垂下头来。

"这样一张稀奇古怪的画，先生真能为它做一次梦吗？"

"很抱歉，与其受画的诱惑，梦见画，说不定倒会梦见你呢。"大木说。

"尽管请，什么梦都成……"庆子也禁不住连耳根都红起来了，"不过，先生还没做出什么事，以至于会梦见我，是不是？"庆子抬起头，凝眸望着大木，渐渐地，一双美目带些朦胧。

"不，上次承你送来两张画，太一郎本来送你到附近的北镰仓站就可以了，却一直送到了镰仓的海滨。今天，我也来送送你吧。好吗？家里没有人，没法留你吃晚饭，车已叫好了。"

车子开过镰仓的市街，驶向七里滨。庆子什么话也没说。

梅雨季的相模湾，海天一色，灰蒙蒙的。

汽车在江之岛的海滨游乐场等着。

买了一些墨鱼等，做海豚的食饵。海豚从水中跃起，叼走庆子手中的食饵。庆子胆子大起来，食饵越举越高，海豚也愈蹿愈高，扑向食饵。庆子简直高兴得跟小女孩似的，连下雨都不觉得。

"趁雨还不大，走吧。"大木催着庆子说，"裙子都有点湿了。"

"啊，真快活。"

上车之后，大木说：

"这附近，常有成群的海豚游过来。据说有一些赤身露体的男人，会把海豚赶到岸边，再逮住。"

"噢。"

"你们小姐会怎么样呢？"

"先生好讨厌。大概拼命地又踢又抓吧。"

"还是海豚老实啊。"

车到了山上的旅馆。雨点变大了。毕竟是梅雨，四周浓雾弥漫。连近处的松林也朦朦胧胧。

两人给引进房间，浑身湿漉漉的。

"庆子小姐，回不去了呢。"大木说，"这样大的雾，开车太危险了。"

庆子点点头，没有一点为难的样子，简直令大木惊奇。

"浑身湿漉漉的，晚饭前得擦擦身子……"大木说着用手抹了一把脸，"庆子小姐是不是也像海豚一样，能让我试试看吗？"

"先生，这话可太糟践人了吧？把我比作海豚……难道我该受这种侮辱吗？当海豚玩……"说着，庆子一只肩膀靠到窗边，"好黑的海。"

"是我不好，对不起。"

"至少也该说句'我想好好看看你啦'，或者……一声不响地把我抱起来……"

"不撑拒吗?"

"那可不知道……但拿人当海豚玩,太糟践人了。我又不是贱骨头。先生难道那么下流吗?"

"我下流吗?"说了一句,大木便进了浴室。

大木一边洗淋浴,一边将西式浴盆冲干净,放上热水。然后擦干身子,头发乱蓬蓬地走出浴室。

"请吧。"说话也不看庆子,"已经放了干净水,有半缸了吧?"

庆子沉着脸望着大海。

"变成蒙蒙雾雨了。附近的小岛和半岛,影影绰绰的……"

"觉得悲哀了?"

"波涛的颜色也令人不快。"

"身上湿漉漉的,不舒服吧?水放好了,去洗洗吧。"

庆子点点头,走进浴室。连撩水的声音都听不见,没有一点儿动静。出来时,脸已经洗过,坐在三面镜前,打开手提包。

大木走到她身后说:"冲过头,可什么都没有,头发乱蓬蓬的……发蜡倒有,不喜欢那味儿。"

"先生,这香水怎么样?"庆子递过一个小瓶。大木闻了闻,说:

"抹上发蜡,再洒这种香水?"

"洒一点儿就行了。"庆子开始露出笑容。

大木抓住庆子的手说："庆子小姐，不要化妆，什么都别用……"

"痛，好痛呀！"庆子回过头来说，"坏先生！"

"这张脸本来就美。修眉皓齿，很漂亮。"大木将嘴唇印到庆子红润的脸颊上。

"啊哟！"

化妆椅子倒了。庆子也倒了下去。大木的嘴唇压在庆子的樱唇上。

一个长长的吻。

大木透不过气来，把脸离开些。

"不，先生，再长些……"庆子拥紧他。

大木心里暗暗吃惊，一面却说：

"采珠女也憋不了那么久的，会晕过去的。"

"让我晕过去……"

"女的倒是很能憋气。"大木借着调戏，又把嘴凑上去。好长一个吻。

石景——枯山水

京都寺院的石景庭园，至今还留下多处，颇为知名。其中，龙安寺的石园，不仅名闻遐迩，而且在禅学和美学上，可以说几近神化了。这当然不是没有理由的。相当的完美，真是无与伦比的杰作。

不论哪一处，上野音子都看得烂熟，印在脑海里。但今年，刚一出梅，她便怀着一颗绘画的心，天天到西芳寺的后山，去看石园。她并不认为，这座石园，她音子能以一个女人的力量画得成。她只是想去感触一下这石园所蕴含的美。

后山的石园，与下面幽雅的苔寺庭园相比，真是大异其趣。要是没有什么游客上来，音子只想坐下来，与石景默然相对。打开写生簿，瞧着石景，那里站一会儿，这里站一会儿，无非是让过路人不要对自己感到奇怪罢了。

西芳寺几度重修，庭园亦几度荒芜，几度修复。如今的枯山水，意在表现瀑布与流水。

而后，曾经有名人在此隐居，音子无意去翻检这些历史，推究考证。她每天只是为看石景而来。庆子仿佛是音子的跟班，也每天跟着来。

"先生，石景是不是都很抽象？"庆子问，"就绘画而言，像塞尚画的《莱斯塔克》岸边的石山那么雄健有力的，有没有？"

"庆子，你倒了不起，还知道这些？那不是天然的石山吗？虽说没有山那样大，但毕竟是海岸的岩石……"

"先生，要是把这组石景画下来，可成一幅抽象画呢。以写实笔法描绘这组石头，我可没那能耐。"

"是啊。我也不是说非要画……"

"那我就挥笔，大刀阔斧地画画看？"

"那样画也许更好些。上次画的那张茶园，就很有意思，显得生气勃勃。那张画也送给大木先生了吧？"

"是呀。现在没准儿叫他太太给撕了毁了也说不定……跟大木先生在江之岛的旅馆里过夜，他竟叫我当什么海豚，我看大木先生也下流起来了。等我一叫您的名字，他马上就泄了气……大木先生直到今天，对先生是又爱，又后悔哪。简直叫我嫉妒死了……"

"跟大木先生？……你打算怎么办？"

"我要毁掉他的家庭。为先生报仇。"

"报仇？……"

"我不高兴嘛，先生到现在还在爱大木先生。给他那样欺侮，居然还爱他。真是女人的痴心……我不高兴这样。"

"……"

"我在嫉妒哪。"

"嫉妒？"

"就是嫉妒嘛。"

"因为嫉妒，就跟大木先生在江之岛的旅馆里过夜？如果我还爱大木先生，要嫉妒的，不该是我吗？"

"先生，真的嫉妒我吗？"

"……"

"那我太高兴了。"庆子手上加快了对石景的写生，"在旅馆里，我没睡着。可大木先生倒睡得挺香。五十多岁的男人，顶讨厌了……"

音子心里乱糟糟的，很想知道是睡双人床还是单人床，但又问不出口。

"掐死熟睡中的大木先生，简直易如反掌，想想就叫人开心，太开心了……"

"哎呀，好险。你这人，真可怕。"

"我只是那么想想罢了。单是那么想想，就开心得让我睡不着。"

"你这就叫为了我，是吗？"音子画石景的手有些发颤，

"我可不认为，这是为了我。"

"是为先生的嘛。"

对庆子的古怪性格，音子此时甚感惧怕，说道："庆子，大木先生家里，别再去了。谁知道会出什么事呀！"

"先生住院的时候，难道就没想过，要杀掉大木先生吗？"

"没想过。那时脑筋确实不大正常，但要杀人，却……"

"您不恨大木先生，反倒爱得更深，是吗？"

"我当时还有孩子的事……"

"孩子？……"庆子顿了顿说，"先生，可我不是也能给大木先生生孩子吗？"

"什么？"

"岂不是可以就此把他断送掉？"

音子仿佛挨了一击，凝视着女弟子。这修长的脖颈，俏丽的侧脸，竟然迸出这样可怕的话来。

"当然能生啦。"音子按捺住自己说，"你是不是糊涂了？就算你生大木的孩子，我也无所谓。不过，有了孩子，就不会说这种话了。人会变的。"

"先生，我才不会变呢。"

跟大木在江之岛的旅馆过夜，庆子究竟做了什么呢？听她的话，尤其看她说话的神气，岂不是有事瞒着音子吗？什么嫉妒啦，报仇啦，说得倒慷慨激昂，庆子到底有什么要遮掩的呢？

然而，想到自己直到如今还在为大木年雄嫉妒，音子不由得闭上眼睛。石景仿佛影子一样，留在眼底。

"先生，先生！"庆子搂住音子的肩膀，"怎么啦？脸色突然发青。"

接着，在音子的肋下使劲掐了一把。

"痛，痛死了！"音子身子一摇晃，一条腿跪了下去。庆子扶她起来，说道：

"先生，我心里只有音子先生。只有音子先生您呀。"

音子不作声，擦掉额上的汗。

"庆子，你说这话，会倒霉的。会一辈子倒霉的……"

"什么倒霉，我才不怕呢。"

"你年轻，又漂亮，所以才会说这种话，不过……"

"只要能让我待在上野先生身边，我就心满意足了。"

"那谢谢你了，可我毕竟是女人呀。"

"男人，最讨厌不过了……"庆子说得很干脆。

"那怎么行！真那样的话，日子一长……"音子黯然地说，"连画风也会变得很厉害呢。"

"总是一种画风的老师，最讨厌了，……"

"你的'最讨厌'，真多啊。"音子略微镇静一些，"你把写生簿拿来，让我看看。"

"好的。"

"这个，是什么？"

"瞧您，先生。这不是石景吗？您好好看看……硬画一些我画不来的东西嘛。"

"嗯。"音子看着看着，脸色又变了。诚然，这是一幅一色黑的素描，乍看上去，看不出画的是什么，但其中，好像回荡着一种说不出的生命力。那是庆子的画里向来所没有的。

"在江之岛的旅馆里，你和大木先生到底还是做了冲动的事，对吧？"音子的身子哆嗦起来。

"冲动？那就叫冲动吗？"

"你的画变了。"

"先生，那就告诉您吧，大木先生连个长吻都接不来。"

"……"

"男人都这样吗？"

"……"

"跟男人，这还是头一次哪。"

音子望着庆子的素描，一边感到迷惑，这"头一次"该从哪里算起呢？

"我真想变成这枯山水的石头呀。"音子蓦地说道。

眼前的这组石景，历经几百年的沧桑，一派古色苍然，以致看不出是造化天成，还是人工搭就的。不过，那肯定是人工搭成的，嶙峋峥嵘，自有一股内力，从没有像此刻这样，向音子逼仄而来。感受到一种精神的压力，音子不禁有些痛苦。

"庆子，今天是不是该回去了？觉得石头有些可怕了。"

"好吧。"

"又不能在石头上坐禅，回去吧。"音子踉踉跄跄地站了起来，"这种东西，我画不来。这才是抽象呢。像你那样奔放不羁的画法，说不定倒能抓住些什么。"

"先生，"庆子拉住音子的胳膊说，"等回去，咱们装海豚玩吧？"

"装海豚玩？什么叫装海豚玩？"

庆子艳笑着，朝左面的竹林下去。

音子从竹林边上过去，神情与其说是忧郁，还不如说是紧张的好。

"先生，"庆子拍拍音子的后背，"您是不是叫那组石景把魂儿摄去了？"

"魂儿倒没摄去，不过想不带笔和本，单是那么看它几天。"

庆子的神情却一如平日，年轻而明朗。"不就是石头嘛。像先生那样看，也许能涌现出一股力，以及青苔的美感，可石头毕竟是石头……"然后接着又说：

"俳句家山口誓子的文章里有这样一段话：'日复一日，总与枯山水无缘，相知唯有大海；朝朝暮暮，大约是与枯山水没点儿情分……后来，搬到京都，方始真正理解了枯山水。'——确实写过这样一段话。"

"大海与石景。比起大海，以及自然中高山的巨岩与石壁，小小庭园里的石景，终究是人造的……"音子说，"即便如此，这种石景，我毕竟画不来。"

"先生，这是由人创造的抽象嘛。就连颜色，似乎也能按我自己的意思染好。画成我自己的抽象形式……"

"……"

"石园是什么时候有的?"

"不大清楚,室町时代以前,大概还没有呢。"

"用的岩石……"

"究竟古到什么时候,谁又能知道呢?"

"比那些岩石留存得还久远的绘画,先生想不想画呢?"

"那是不可企及的呀。"音子闷闷不乐地说。

"西芳寺的庭园也好,桂离宫的御苑也好,几百年间,树木生长,枯萎,受暴风雨摧残,庭园荒芜,我想,与当初比,会有相当大的改变的。但石景,却不会变得那么厉害吧?"

"先生,我倒认为一切都变个样,全都消失了才好。就说最近画的那张关于茶园的画吧,这会儿恐怕早叫大木太太给撕了,剪了呢。尤其在江之岛过了夜……"庆子说。

"那张画倒挺有意趣的……"

"真的吗?"

"庆子,你一画出好画,是不是就打算拿到大木先生那儿?"

"是呀。"

"……"

"直到给上野先生报了仇。"

"够了,别再提什么报仇的事了,我已嘱咐过你好几次了。"

"那我知道。但我也弄不懂。"庆子依旧爽朗地说,"是女人爱记仇呢?还是女人的矫情?或者是女人的嫉妒?"

"嫉妒？……"音子颤着声音低低地说，握住庆子的手。

"音子先生的内心深处，至今还爱着大木先生。大木先生也把音子先生深深藏在心底。除夕听钟的时候，我这个丫头就全明白了。"

"……"

"女人的恨，不正是爱吗？"

"庆子，在这种地方，你干吗要提这些事？"

"我看那些枯山水的岩石，也许是因为年轻的缘故，能从中看出古代日本人所运用的抽象手法来。不过，那抽象的心境，现在我还不能理解。因为带着几百年的古色，才成了现在的样子，那么刚造出来的时候，会是什么样子呢？"

"嗯，刚造出来的样子，在庆子眼里该当幻灭了。"

"我要是画的话，就要随自己的心思，改变石景的形状。对石景搭配，当初那些不匀称的色调，我都要着上自己喜欢的色彩。"

"是吗？那样一来，就好落笔了。"

"先生，那石景比起您我的寿命，实在太长了。"

"可不是嘛。"音子说着，蓦地心中一凛，"虽然不是永恒……"

"我只要能在先生身边，画些短命的画就行……哪怕画好了，马上毁掉也情愿……"

"因为你还年轻……"

"就说那张茶园画吧，大木先生的太太要能给撕碎，毁

90

掉，我反而高兴呢。她那样一来，感情多少会冲动一些。"

"……"

"我的那些画，哪儿有什么正经八百的欣赏价值！"

"倒也不能那样武断……"

"又不是什么天才，连一张我都不想留下来。只是，我喜欢先生，但求能让我留在您身边。本来呢，只要能照料一下先生的起居，洗个茶碗之类，我就很开心了。可是，先生竟教我绘画……"

音子极为惊讶，说道：

"庆子，你怎么这样想？"

"在我心底……"

"你说归说，但你确实有绘画的天才呀。常常叫我吃惊哪。"

"小孩子的自由画嘛！小时候倒常给贴在教室里展览。"

"比较起来，你跟我这个平庸的画家不一样，我觉得你是个独特的画家，甚至有时还很羡慕你。庆子，以后别再说这种话了。"

"是。"庆子很听话，点了点头，"只要能留在先生的身边，我一定会努力。"庆子点头的姿势，优美动人。

"先生，画的事就不再提了。"

"你明白我的意思吗？"

"明白了。"庆子又点了点头，"只要先生不赶我走……"

"怎么会赶你走呢！"音子用力地说，"可是……"

"可是什么？"

"女人总有结婚啦，生孩子啦这些事。"

"那些事……"庆子爽朗地笑了起来，"我才不会有呢。"

"是我的罪过。对不起。"

音子微微俯下头，扭转脸，揪下一片树叶。默默地走了好一阵子。

"先生，女人很可怜是不是？年轻男人，决不肯爱一个六十岁的老太婆吧？可是十几岁的女孩子，却能真心爱一个五六十岁的男人。倒不是贪图什么……是不是，先生？"

音子一时无从回答。

"先生，大木先生现在简直差劲。一心以为我是个烂污货呢，可我还是个姑娘家呀……"

音子的脸色发青了。

"不但这样，在紧要关头，我不由得喊起'上野先生，上野先生'来，结果竟没再把我怎么样。"

"……"

"为了上野先生，简直让我丢尽女人的脸。"

音子依旧脸色发青，两腿簌簌发抖。

"是在江之岛的旅馆吗？"音子勉强开口问了一句。

"嗯。"

上野音子对这位庆子，自有其无法抗议的隐情。

车子开到音子她们住的寺院。

"倒也幸亏如此，总算逃过一关……"庆子毕竟也红了脸，"先生，我跟大木先生生个孩子给您，好不好？"

冷不防，庆子脸上狠狠挨了一记耳光，痛得眼里几乎要流泪。

"啊，真痛快！"庆子说，"先生，再打，再打！"

音子颤抖了。

"再打……"庆子重复道。

音子期期艾艾地说："庆子，你这话，多不要脸啊。"

"不是我的孩子。我想说的是上野先生的孩子。我生下来，送给先生。我是想从大木先生那儿偷个孩子给您……"

音子一抬手，又是一记耳光过去。这回庆子抽抽搭搭哭了起来。

"先生，先生，您现在不论多爱大木先生，也不能同大木先生生孩子了。您生不了啦。我没感情却能生的呀。我觉得，这跟上野先生是一回事……"

"庆子！"音子喊了一声，便跑到廊子上，一脚把萤笼踢到了院子里去。

萤笼从音子光着的脚尖上飞了出去。刹那间，笼子里的萤火虫，一齐洒着青白的光，落到院子里的青苔上。夏日昼永，天空刚刚浮起暮霭。院子里，虽还看不出，却照例会按时飘起暮霭。不过此时天光尚明，按理，萤火虫不该闪出火色，也不会发出白光。那流光火影，想必是源于音子的眼睛，音子的心。她站在那里，浑身僵直，只管盯着落在青苔上的萤笼，眼睛一眨不眨。

庆子停止啜泣。偷偷瞧着音子的后影，连大气也不敢出。她挨音子打，并没有躲闪，只是坐在那里，两腿松了开来，右手拄在席子上，撑住要倒的身子。就那样一直没有动弹。看着僵立在那里的音子，庆子也好像浑身发僵似的。但也只是短短的一会儿工夫。

"啊，先生回来啦?"美代进来招呼说，"先生，洗澡水已经烧好了。"

"哦，费心了。"音子声音好似卡在喉咙里，感到腰带下面，汗湿透了很不舒服。胸口那里也出汗出得凉冰冰的。

"天气倒不怎么热，可叫人腻味。潮乎乎的……这黄梅天还没过去吧? 是不是又回来了?"

音子没有回头看美代，接着说道："能洗个澡好极了。"

美代是寺里雇的女佣，也到音子她们住的厢房帮忙。打扫卫生，洗衣，收拾厨房，有时连饭都交给她做。音子喜欢烹调，做得一手好菜，可是，一旦绘画占据她整个心思，烧烧煮煮，便不胜其烦。庆子外表上倒看不出，居然还能烧出精致的京味小菜来，不过，也仅是种消遣而已。这样那样，美代随便弄几样，把午饭晚饭凑合过去的日子也不少。美代已经五十三四了，到寺里来了六年，做事一直很勤快。寺里虽有年轻媳妇或是做了母亲的人，倒是美代常来厢房帮音子做活。人矮墩墩的，胖得手腕和脚腕像捆起来一样。

这时，美代圆肩膀上的一张脸，乐呵呵的，一瞧见院子里的萤笼，便问：

"先生，是让萤火虫吸吸露水吗？"说着踩着石步走到萤笼跟前。也许是因为萤笼横着倒在那里的缘故吧？美代弯下身，把萤笼摆正，没有捡起来。美代大概以为是特意把萤笼摆在那儿的。

美代站起来，准能从院子里看到廊下的音子，但音子早已转身朝里面的浴室走去了。这样，美代与庆子正好照面。庆子眼里闪着泪光，面庞苍白，一侧的面颊红了一块，美代觉得事不寻常。

"小姐，您怎么了？"美代不禁脱口问道。

"……"

庆子没有回答，两眼睛直勾勾的，站了起来。浴室里传来水声。音子好像往热水里兑凉水。是烧得太热了吗？哗哗的水声一直不停。

庆子走到挂在画室墙上的镜子前，从手提包取出东西重新匀脸。三面镜梳妆台和穿衣镜，都在浴室前面的小屋里。

音子把和服脱在那里，正在浴室洗澡，庆子不便进去化妆。从衣柜上面的抽屉里，拿出单和服。内衣也全部换过。长衬衣外面套着单和服，伸进袖子正要合上衣襟，手不听使唤。

"先生……"

忽然叫了一声音子。

庆子低着头，在她眼里，单和服袖子和下摆上的花样，有音子的倩影。那花样是音子设计，并亲手为庆子描绘的，然后叫人染色。虽然是夏天的花，却不像是音子手笔，采用大胆的抽象画法，尽管看得出是牵牛花，但花很虚幻。颜色也浓淡随意，近来颇为时兴，显得又活泼又清爽。能设计出这样的和服，恐怕是音子画画的时候，庆子始终不离她左右的缘故吧。

"小姐，要出去吗？"美代在隔壁屋里问。

"你看什么呢？"庆子头也不回地说，"要是看我，到跟前来看好了。"

"……"

庆子转念想，单和服的前襟合得不服帖，腰带上面的细带子也不会结，美代可能感到奇怪才瞧着自己。

"要出去吗？"美代又问了一遍。

"不出去。"

庆子右手提起下摆，左胳膊上搭着腰带和腰带的衬垫，一边朝浴室前的小屋走去，一边吩咐似的说：

"美代婶，布袜子忘了。给我拿双新的来。"

听见庆子的脚步声，音子在浴室里招呼说：

"庆子！洗澡水好极了。"音子以为庆子是来洗澡的。但庆子却站在穿衣镜前系腰带结。勒得紧紧的，几乎要勒进腰里了。

美代一声不响，把布袜放在庆子脚下便出去了。

"快来洗吧。"音子又招呼道。

音子泡在热水里，直浸到乳房处，眼睛望着杉木门，等着庆子。庆子理应马上开门进来，但门外静悄悄的，也没有脱衣服的动静。

光着身子进来，庆子是不是有些犹豫？这种怀疑刺痛了音子。她顿感憋闷难当，便从浴槽中站起，扶着槽沿爬出来。

庆子曾同大木在江之岛的旅馆里过夜，她是不是不愿意叫音子瞧她的身子？

庆子从东京回来，是在半个多月之前。在东京的时候，她去看望大木，给带到了江之岛。回到京都以后，与音子一起洗过几回澡，赤身露体并没害羞过。话虽如此，庆子头一回向音子坦白，她跟大木在江之岛过夜，却是今天，在苔寺后山的石景前，十分突然。她的话也极不寻常，非常奇怪。

庆子是个风流妖媚的女孩子，这几年来，音子平日里就有所发现。她的风流妖媚，日甚一日，恐怕音子也助长了这种倾向。虽不能说是音子一手造成的，但她在庆子心中点上了火种却是确凿无疑的。

音子站在冲澡板上，额头冒出了汗珠，拿手摸了一把，是冰凉的。

"庆子，不进来吗？"

"不了。"

"不洗澡了？"

"不洗了。"

"冲冲汗，也好嘛……"

"我没出汗。"

"……"

"先生，对不起，请先生原谅庆子……"庆子的声音清澈爽朗。

"原谅……"音子接过庆子的话说，"是我不好，我给你赔不是。"

"……"

"你在那儿做什么呢？是站在那儿吗？"

"系腰带呢。"

"咦？系腰带？……你在系腰带？"

音子奇怪地问道，赶紧擦干身体。

打开杉木门出来，看见庆子打扮得漂漂亮亮，站在那里。

"哟，要出去？"

"是。"

"上哪儿？"

"上哪儿，还不知道。"庆子那依旧闪亮的目光里，隐含着忧愁。

音子似对自己光露着身体感到难为情，披上了浴衣。

"我也一起去吧？"

"哎。"

"不愿意吗？"

"哪儿的话，先生。"庆子背对着音子。镜中映出庆子的侧脸。

"我等着您。"

"是吗？那我赶快准备好。你让开点。"

音子绕到庆子旁边，坐在梳妆台前。在镜中，与庆子面面相觑。

"去木屋町好不好？你先打个电话问问看。要是露天座订不上，就要楼上的小间。对了，什么房间都成，只要是朝河的……订不到朝河的座位就算了，再想想别处。"

"哎。"庆子点了点头，说，"先生，我去拿点凉水来吧。搁上几块冰箱里的冰块……"

"好啊。脸上显得很热吗？"

"嗯。"

"倒是去呀，我不会朝你摔化妆水瓶子的……"

音子把右手瓶里的化妆水倒在左手心上。

庆子拿来的冷水，沁透音子的心底。

电话须到寺里人住的地方去借打。

音子急急忙忙换衣服的工夫，庆子已经回来了。

"露天座八点半以后已有人定下了，八点半以前请尽管去。"

"八点半吗？"音子沉吟了一会儿说，"八点半……咱们倒也可以。若早些去，晚饭也能吃得挺从容。"

于是，音子把三面镜两侧的镜子拉过来，伸头进去照。

"头发这样就算了。"

庆子点点头。伸手到音子的腰带里面，轻轻拉平她背上的和服。

火中莲花

《京城名胜图绘》中曾写到鸭川纳凉的情景：

"……自东西之青楼，设凉台于河畔。几案罗列，华灯星灿，开琼宴于流光。少年俊逸，明月含羞；河风习习，紫帽翩翩；锦扇轻摇，儒雅风流；览琳琅以悦目，且开怀以尽欢。艺伎美妇，艳胜芙蓉……"

元禄三年（1690年）夏，松尾芭蕉曾来此，亦有记载："且说四条河畔纳凉，月明之夜，自黄昏止于黎明，河上凉台成排，饮酒作乐，通宵达旦。女人衣带端庄，男人外褂齐整；僧俗老少，杂然而处；桶铺铁匠之学徒，亦偷闲放声高歌。诚乃京城之胜景也。"

音子看到记载古时河上纳凉的文字，其中，"少年俊逸，明月含羞；河风习习，紫帽翩翩；锦扇轻摇，儒雅风流……"
一段，印象颇深。想当年，"风流俊逸的美少年"，必也卓然
立于月夜河畔，稠人广众之中。音子的脑海中，不禁浮现出
那些美少年俊雅的丰姿。

庆子最初出现在音子面前时，音子就把她看成这些美少
年一般的少女了。

此刻，即便在茶楼的凉台上，音子仍在回忆当时的情景。
那时，像少年似的庆子，恐怕还不如古时那些"风流俊逸的
美少年"更像女人，更妩媚动人吧。使当年的庆子出落成今
天模样的，正是自己——音子照例回想起这些往事来。

"庆子，你头一回来我这儿的事，还记得吗？"

"甭提啦，先生。"

"还以为来的是个小妖精呢。"

庆子抓起音子的手，把小指放在口中咬着，抬起眼睛瞟
着音子，同时喃喃低语：

"春日黄昏，淡蓝色的暮霭，笼罩着庭院。在那暮霭之
中，飘然而至……"

那是音子说过的话。还说，暮霭之中，看着格外像是小
妖精。庆子记住了这话，方才又低声重复了一遍。

像方才这些回忆的话，两人以前也说过几次。每次提到
这些回忆，自己对庆子的那份眷恋，音子深感悔恨、苦恼、
与自责。但庆子非常清楚，这反而会使眷恋更增添一分迷人
的魔力。

此时南边的一家茶楼，凉台上四角竖着灯笼，来了一个艺伎和两个舞伎。只有一位胖胖的客人，年纪不大，却已经秃了顶。眼睛望着河面，心不在焉地听着舞伎说话，点着头。是在等人呢，抑或是等夜色降临？灯笼老早便点上了，但黄昏残照中，灯笼倒显得不伦不类的了。

说是邻居，两家的凉台靠得很近，几乎伸手可及。凉台之间没有遮拦。不仅看得见隔壁的凉台，连远处的风景也能尽收眼底。相连的凉台，能彼此相望，才会显得河边凉爽。凉台自然是露天的。

庆子压根儿不理会隔壁凉台上人家的眼光，用力去咬音子的小指。小指痛得音子连小腹都有感觉。但音子一声不响，没有抽回指头。庆子的舌头正舐着指尖。庆子从口中拿出小指说：

"没一点儿咸味儿呢。先生刚洗过澡的缘故……"

"……"

鸭川，街对面的东山，开阔的景致，缓和了音子踢翻萤笼的烦躁，心情一旦趋于平静，连庆子与大木在江之岛过夜的事，也认为是自己的罪责。

庆子来音子这儿，是她高中刚毕业不久。在东京看了音子的个人画展，又在一家周刊画报上看到音子的照片，据说便对音子生出仰慕之情。

那一年，京都举办一个美术展览会，音子的参展作品，不仅获奖，而且评价颇高。这也许是得力于画的题材。

作品是根据祇园舞伎加代的照片，描绘舞伎猜拳的姿态。照片采用特技手法，猜拳的两个舞伎，都是加代，衣服也相同。张开两手的舞伎，几乎是朝着正面，而两手握拳的那位，则略微侧着脸。两人的手形、体态、面孔的照应，音子觉得非常有趣。右边张着手的舞伎，拇指与食指分开，其余指头向后翘着。衣服从肩膀到下摆，是古色古香的大花（黑白照片，看不出什么颜色），音子也觉得非常有意思。两人之间，有一个木制方火盆，上置一把铁壶，此外还摆着酒瓶之类，显得很粗俗，有碍画面，音子给省去了。

　　当然，音子也把一个舞伎画成两人猜拳的场面。一个舞伎同时是两个舞伎，而两个舞伎又同是一个舞伎，或者说既不是一个人，也不是两个人，给人一种奇怪的感觉，这是这幅画的着眼点。即便那张陈旧的特技照片，也同样含有某种意蕴。音子为避免构思落入俗套，在舞伎的面貌上，煞费苦心。照片里显得臃肿的衣服，那装饰性的花样，倒给音子作画时帮了忙，衬托得四只手活灵活现。音子虽然没按照片画得毫厘不差，但京都恐怕会有不少人，一眼便能看出，是根据从前舞伎的特技照片画的。

　　东京来的画商，对这幅舞伎的画很感兴趣，便来拜访音子，并在东京展出了音子的作品。庆子看到音子的画，正在那时。否则上野音子这个京都画家的名字，像庆子这样的人，也不可能知道，实在是因缘际会。

　　周刊画报上之所以介绍音子，许是因为舞伎图在京都大阪获得好评的缘故吧，也因为画那幅画的画家美貌的缘故吧。那家画报的摄影师和记者拉着音子，在京都各处跑来跑去，拍了不少照片。不，因为跑的都是音子喜欢的地方，是音子拉着画报的人跑的吧。大型画报用了三个版面，出音子的专辑。登了舞伎图的照片，也登了音子的照片。但是，看起来好像以京都风物为主，音子不过是点缀而已。画报的人，让音子挑她喜欢的地方，大概是想在京都女画家的向导下，把那些还不为人知的地方，而又有可能成为名胜的，拍摄下来。音子倒也没有误解为自己被人利用，自己的照片，人家毕竟登了三页。

可是，不熟悉京都的庆子并不明白，照片所拍的，是京都尚不为游客所知、极具魅力的地方。她在画报上，仅看到音子的美貌。而这个音子，却把她吸引住了。

在淡蓝色的暮霭中，庆子出现在音子面前，央求音子把她留在身边，教她画画，口气带些死乞白赖。当时的庆子，音子觉得像个小妖精，是因为冷不防被她抱住的缘故吧。

"这事太突然了，你父母同意吗？否则我没法答应下来。你说是不是？"音子说。

"父母都死了，我的事，我自己可以做主。"庆子回答说。音子的目光重新打量庆子，说：

"那么你叔伯父母，或是兄弟姐妹呢……"

"我是兄嫂的累赘。自从他们有了孩子，就把我看成多余的累赘。"

"生了孩子，为什么你就成了累赘呢?"

"……"

"我很喜欢小孩子，可我的喜欢法，不中兄嫂的意呗。"

庆子在音子身边留了下来。四五天后，庆子的哥哥来了信，说妹妹是个疯疯癫癫而又任性的女孩，还抵不上一个女用人，一切拜托云云，并且寄来了庆子的衣服和随身用品。从这些衣物看，庆子家里相当富裕。

庆子说，她对小孩子的喜欢法不中兄嫂的意，音子跟她住了几天，很快便知端的。那的确是异乎寻常。

庆子来后的第七天，还是第八天，说是要把头发梳成先生喜欢的样子，音子禁不住她的软磨，去摸庆子的头发，拉起一绺的时候:

"先生，再用力拉……"庆子说，"抓住头发，把我提溜起来……"

音子松开手。庆子回过头，把嘴巴贴在音子的手背上，牙齿紧挨着，问道:

"先生，头一回接吻是几岁?"

"怎么啦? 突然问起这个来……"

"我是四岁。还记得很清楚。我的一个舅舅，是妈妈的远亲，当时有三十来岁吧，我挺喜欢他的，看他一个人坐在屋里，我摇摇晃晃地走过去，亲了他一下。舅舅吓了一跳，还用手擦擦嘴哪。"

庆子幼时吻人的事，音子在鸭川的凉台上也想了起来。

四岁时吻过男人的嘴唇，仿佛已属于音子所有，现在常常衔着音子的小指。

"先生，您头一回带我上岚山的事，记得可清楚哪。那天正值春雨绵绵。"庆子说。

"可不是呢。"

"还有那家面馆……"

那是庆子来音子这儿两三天后的事，音子带她从金阁寺、龙安寺，一直转到岚山。在渡月桥前河边略高一点的地方，进了一家面馆。面馆的老婆婆说："真不巧，下雨了。"

"下雨也挺好，这春雨多好！"见音子这样回答，面馆的老婆婆道谢说：

"哎哟，那就多谢您啦！"说着略微低了低头。

庆子瞅着音子悄声问：

"她是替天气道谢的吗？"

"什么？"音子因为老婆婆说得极其自然，没有留意，"是吧，是替天气……"

"真有趣，替天气道谢，怪不错的。"庆子接着说，"在京都，都这样吗？"

"这个嘛，说不好。"

不错，老婆婆的话，若认为是替天气道谢，固无不可。但音子她们特地到岚山来，偏巧赶上下雨，老婆婆是随口说的客套话吧。音子回答说"下雨也挺好"，并不仅是客套，其实心里想的，是春雨中的岚山挺好，所以才说好。于是老婆婆便谢了她。好像是在替天气，或是替雨中的岚山道谢似的。因为是在岚山开的店，总归是一种客套话吧，但庆子听了却透着稀罕。

"真好吃，先生。我喜欢这家面馆。"庆子说。这是出租车司机告诉她们的面馆。因为下雨，音子坐了四个小时的车来的。

虽然是花季，时逢下雨，岚山一带，游客意外地少。这也是音子觉得"下雨也挺好"的理由之一。而且，春雨如烟，使河对岸的山峦越发显得柔美。从面馆出来，一边眺望青山，一边朝停车的地方走去，烟雨霏微，甚至不用撑伞，也觉不出淋湿。细细的雨丝，不等飘洒到河里，便消失得没些个痕迹。山上，绿叶嫩芽之间，樱花点点，万木虽已发芽抽叶，其色不一，春雨中，却更显莹润。

因春雨而格外美的，不独是岚山一处。苔寺，龙安寺，也同样如此。苔寺的庭园里，春雨打湿的青苔，色泽十分鲜艳，上面，马醉木一粒粒的小花，白花花地落了一片；绿的白的之中，间或落有一朵红的山茶花。茶花形状完好无缺，面朝上，宛如开在上面一样。龙安寺石园里的石头，经过雨淋，也各显其色。

但庆子对眼前石园里石头的色泽，并没有多深的感触。

但园内路旁树上积的雨滴，经音子一说，看了一眼，倒留有印象。小松树的松针尖上，都挂满雨珠。每一枝松针尖上都带着一滴雨，松针好比花茎，宛如灿然开放的露水花。

要是不留心，便会忽略过去，真是妙不可言的春雨之花。不单是松叶，枫树上刚抽芽还未舒展开的嫩叶上，也挂着雨珠。

松针尖上存着一滴雨珠，当然不限于京都，别处也会有，但庆子能留心切实去看，这还是头一回。于是便以为是京都所特有的。这样，松针上的雨珠，面馆老婆婆的寒暄，就都成为庆子对京都最初的印象了。也许是因为庆子新来乍到，又是音子初次带她出门的缘故。

"那家面馆的老婆婆，现在还硬朗吧？"庆子说，"那次以后，就没再去过岚山呢，先生。"

"可不是嘛。冬天的岚山与春秋时的岚山是不同的，别是一番光景，我觉得最好……潭水的水色也显得冷澈深幽。下回去看看吧。"

"还要等到冬天呀？"

"冬天，说话就到呢。"

"哪那么快呀。这往后要过夏天，还要过秋天……"

"几时去都成啊。"音子笑着说，"哪怕明天……"

"明天就去吧，先生。我会跟面馆的老婆婆说，夏天的岚山也挺好。她又该道谢说，哎哟，那就多谢您啦。这回是替热天道谢。"

"也替岚山，对吧？"

庆子望着河里说：

"先生，等到了冬天，河边上该不会有成双作对的人了吧。"

这里恐怕不能叫作河边。凉台下有两道河堤，这里成了散步道。河堤上，一对对的年轻情侣很多。领着孩子来的，简直难得见到。年轻的情侣，相偎相依地走着，或者厮靠着坐在水滨。随着暮色渐深，人数也越发多了起来。

"这种地方，冬天很冷，怎么待得了哇？"音子说。

"谁知道能不能持续到冬天呢。"

"持续什么……"

"他们的爱情……其中能有几对，固然说不好，但准有人，等到冬天，已经连面都不愿意见了。"

"看着他们，你心里竟在想这些个？"对音子的问话，庆子只是点了点头。

"为什么非要想这些个呢？"音子接着问道，"你还那么年轻……"

"因为我才不像先生那么傻，对那个叫自己吃苦头的人，竟会相思二十年！"

"……"

"明明是给大木先生遗弃了，可先生究竟要到什么时候才真能明白过来？"

"别说得这么难听！"音子转过脸去。庆子伸出手，一边把音子后颈散开的短发拢上去，一边说：

"先生，您把我遗弃了试试看……"

"什么？"

"先生现在能遗弃的人，唯有庆子了。遗弃一下看嘛……"

"什么叫遗弃呢？"音子搪塞似的说，眼睛却与庆子对视着。自己用手把方才庆子拢过的短发又拢了上去。

"就像先生被大木先生遗弃那样。"庆子缠上身来，窥探着音子的眼色说，"先生给人遗弃了，自己又不肯承认，仿佛从来没想过似的……"

"遗弃啦，被遗弃啦，这话多难听呀。"

"说得明白些才好呢。"庆子目光妩媚地说，"那么先生，大木先生到底把您怎么的了？"

"离开了呗。"

"才没离开呢。先生心里，直到今天还有大木先生，而大木先生心里，也还有音子先生……"

"庆子，你到底想跟我说什么？你这人，真是莫名其妙。"

"先生，今天我还以为被您遗弃了呢。"

"方才在家里，我不是说是我不好，向你赔不是了吗？"

"是我先赔礼道歉的嘛。"

事后为了和解，音子才领庆子到木屋町的凉台来。然而，两人心里是否真的和解了呢？庆子似乎不安于没有波澜的情感，总要跟音子顶撞，斗嘴，闹别扭，这已成了家常便饭，但是今天却与平日不同，她坦白出与大木在江之岛过夜的事，实在伤了音子的心。她感到，一向以为在自己怀抱里的庆子，竟好似一头猛兽，向自己扑了过来。庆子虽然口口声声说，要替音子向大木报仇，音子倒觉得，庆子是在向音子报仇。同时，对身为男人的大木，音子感到新的恐惧与绝望。竟会有他这种人，居然能跟音子的弟子调情做爱。

"先生，您不会遗弃庆子的，是吗?"庆子又问。

"既然那么想让人遗弃你，遗弃了也好。这可是为你好，对不对?"

"不，我不爱听这种话。"庆子摇头说，"我从来没想过要为自己好。只要能待在先生身边……"

"离开我，于你有好处。"音子竭力平静地说。

"先生心里是不是要赶走庆子?"

"没的事。"

"真高兴，先生。我还以为给遗弃了呢，好伤心。"

"那不是说的你自己吧?"

"说我自己……庆子要抛弃先生?"

"……"

"庆子就是死，也不会离开先生的。"庆子热情地说，抓起音子的手，又去咬音子的小指。

"好痛!"音子缩起肩，抽回手指，"人家不痛吗?"

"成心要咬得你痛!"

订的菜已经端到凉台上来了。女侍摆菜的工夫，庆子矜持地转过头去，望着远处山上的一处灯火。音子有一搭没一搭地跟女侍搭讪，一只手盖住另一只手的手指。总觉得庆子的牙印还留在上面。

等女侍走进房子里，庆子用筷子将汤里的鳗鱼豁开，送进口中，低着头说:

"先生，把庆子遗弃掉，那多好。"

"你好难缠呀。"

"我呀，先生，总觉得自己会被喜欢的人遗弃掉。先生，我这人很难缠吗？"

"……"

音子没有回答。心里寻思，女人跟女人，是不是比跟男人更难缠？一想这些，平日那种苦涩的滋味，不禁翻涌上来，有如针扎一般。庆子咬过的小指，本不该再痛，也似针扎样地痛。咬小指这些事，不也等于是音子教她的吗？

庆子刚住到音子身边不久，在厨房里炸东西，忽然急忙跑到音子那里说：

"先生，油溅了出来……"

"烫着了吗？"

"火辣辣地疼呢。"庆子把手伸到音子的面前，指尖发红。音子拿过她的手，说：

"这一点，还没到烫伤的程度。"说着就把庆子的那只手指含在口里。因为事出突然，等到舌头碰上庆子的手指，这才发觉。音子一怔，赶紧抽了出来。这回庆子自己倒把手指含进了口中。

"先生，舔舔会好吗？"

"庆子，炸的东西怎样了？"

"哎哟，真是的。"庆子说着向厨房跑去。

从那以后，也不知过了多久。夜里，音子有时把嘴唇贴在庆子的眼皮上，有时含着她的耳朵。耳朵怕痒，庆子扭动身子叫起来。

对庆子这样做时，音子想起了往事。从前大木对音子也是这样的。也许因为音子还是少女吧，大木没有性急地去吻她的嘴。只是亲她的前额、眼皮、脸颊，让少女的音子习惯于此，放松下来。所不同者，庆子比那时的音子大两三岁，而且都是同性。音子那时接受大木同样的爱抚。相比之下，庆子的反应更为强烈。很快便沉溺其中。

但是，音子一想到，自己是用从前大木相同的做法对待庆子，不由得一阵揪心，深感内疚。与此同时，又感到一种令人战栗的勃勃生气。

"先生，不。先生，不。"庆子一面喊，一面将赤裸的胸脯靠到音子的胸脯上，"先生的身体不也一样吗？"

音子嗖地将身子躲了开去。

庆子跟着又靠了过来，说："对吧，和我的身子一样哩。"

"……"

"一样是不是，先生？"

音子疑心庆子阅历过男人。冷不防庆子这样说，音子还很不习惯。

"不一样。"音子小声嘟哝着。庆子的手却朝音子的胸脯摸了过来。虽然没有一点犹豫，手指和手心却似带些羞涩的样子。

"讨厌！"音子抓住庆子的手。

"先生，你滑头，真滑头呀。"庆子指头上用了力。

二十多年前，十六岁的少女音子，胸脯给大木年雄摸的时候，曾喊过：

"先生，不。先生，不。"音子的这句话，大木在《十六七岁的少女》中，照实写了进去。即使没写，按理音子自己也不会忘记，但写上了，倒好像成了千古不变的话语似的。

可是，庆子方才也说了同样的话。会是因为庆子看过《十六七岁的少女》吗？还是在这种场合，女孩子照例都会这么说呢？

音子生下孩子后，没有喂奶。乳头上还留着很深的颜色。二十年过去了，那颜色，才褪掉一点点。三十三四岁后，乳房眼看着瘪了下去。

洗澡的时候，那对瘪了的乳房，曾被庆子看见过，还用手去摸过，准是想试个究竟。音子以为庆子会说什么，庆子却压根儿什么也没说。而且，由于庆子的缘故，音子的乳房一天天重又丰满起来，两人明明知道，竟谁都不提。也许庆子把这视为自己的胜利，故而一声不语，这倒显得有些反常。

音子有时觉得胸部的丰满，是受了病态而不道德的诱惑，陡然会感到莫可名状的羞耻。但是，一个快四十的人，身体有了变化，由此而来的惊诧，比什么都来得大。那种惊诧，比十六岁那年因大木的缘故，以及十七岁上怀了孩子，胸部发生变化所引起的惊诧，当然大不相同。

音子被迫与大木分手后，二十年来，没有让人碰过胸脯。

这期间，音子作为女人韶光空度，年华似水。后来，能够碰音子乳房的，是同性的庆子的手。

随母亲搬到京都以后，音子也有过几次恋爱与结婚的机会，但音子一直逃避恋爱。一旦知道对方爱上自己，对大木的回忆，蓦然间会变得栩栩如生起来。那与其说是追忆，不如说等于现实。十七岁与大木分手时，音子曾立志终身不嫁。不，是悲哀乱了她的方寸，连明天的日子尚且顾及不到，遑论婚嫁之事。终身不嫁的念头，一经闪过脑海，年深日久，便成了不可动摇的了。

音子的母亲，当然希望女儿结婚。搬到京都住，也为的是远离大木，好让女儿的心能够平静下来。所以，并没有打算在京都长住。

来到京都以后，母亲一方面安慰女儿，一方面观察女儿的动静。头一回向女儿提出婚事，是音子二十岁的时候。化野念佛寺举办千灯供养的那天晚上，在嵯峨野的深处。

作为无主孤魂的坟墓标志，是那一座座小小的旧石塔，不计其数地排列在西院的河畔，飘荡着无常之感。看着石塔前供奉的"千灯"点亮，音子的母亲不禁泪水盈盈。那夜晚的一片漆黑，那微弱的点点灯火，那林立的石塔，徒添人生无常的氛围。音子发觉母亲流泪，却没有作声。

两人回家走的田野小径，也暗幽幽的。

"真寂寞啊。"母亲问，"音子不寂寞吗?"

母亲说了两遍寂寞，但前一句和后一句意思似乎不同。

母亲于是说出，东京的熟人来提亲的事。

"我不能结婚，觉得很对不起妈。"音子说。

"哪有不能结婚的女人。"

"有的嘛。"

"音子要是不结婚，妈妈，还有音子，将来都要变成孤魂野鬼了。"

"我不懂，变成孤魂野鬼是怎么回事？"

"就是死后没亲人供养了呗。"

"这我知道。但我不明白，那又怎么样？"

"……"

"反正是死后的事不是？"

"也不见得就是死后的事呀。没有丈夫孩子的女人，活着还不是像个孤魂野鬼似的？你想想看，我要是没你这么一个女儿，会怎么样？虽然音子还年轻……"母亲犹豫了一下，说，"你是不是常画婴儿的像？究竟打算画到什么时候为止？……"

"……"

关于男方的情况，母亲把人家告诉她的，尽其所知，一股脑儿都说了。据说是个银行职员。

"如果有意思相亲，就上东京看看吧，也好久没去了。"

"听了这种话，您知道我看见什么了吗？"音子问。

"看见了什么？"

"铁格子！看见了医院病房窗上的铁格子！"

母亲倒抽了一口冷气，一声不响了。

后来，母亲在世期间，又提过两三次亲。

"对大木，你就算想他一辈子，不也没法告诉他不是？岂不是不能叫他了解你的心吗？你又怎么能对他尽那份情呢？"与其说母亲是晓之以理，倒不如说是在动之以情，劝她结婚。"那个大木等也是白等，你等他，就像等待过去一样，流水与时光是不会倒流的。"

"我没等什么。"音子回答说。

"仅仅是回忆吗？……仅仅是忘不了吗？……"

"不，不是的。"

"嗯？"

"……"

"不是有句话叫少不更事吗？可音子在少不更事，浑浑噩噩的时候，就让大木给抓住了，也许受的伤更深，伤疤也更难平复。对小女孩，做出这么狠心的事来，我那时真是好恨大木呀。"

母亲的这些话，留在音子的心里。她也曾想过，正因为是少不更事的少女，才可能有那样的爱吧。十六岁的音子，的确还是个孩子，浑浑噩噩不懂事。但唯其如此，她那盲目的狂热，才能那么奔放无羁。一面哆嗦着，一面咬住大木的肩膀，连出了血都不知道。

音子那时已同大木分开。来到京都，读《十六七岁的少女》，最令她吃惊的，是大木每次与音子幽会，一路上都在琢磨来琢磨去，今天该怎样拥抱音子。而且，大体上都能照他想好的去做。大木写到路上边走边想，心里高兴得直发颤。然而，男人会如此这般，音子唯有惊讶而已。身为被动的女人，何况是少女的音子，连想也想不到，那些方法和顺序，竟是男人事先筹谋好的，她们只是任其摆布，应其所求罢了。因为是少女，音子对大木反倒不觉得奇怪。而大木因此却把音子写成异常的少女，是女人中的女人。他还写到由于音子，他使尽拥抱女人的一切招数。

看到这些，音子因屈辱而非常恼火。可是，却又分明忆起那些拥抱的方式，浑身竟哆嗦起来。过了一会儿，渐渐平静下来，一阵欢喜与满足之感油然而生，遍布全身。往日的爱情，在现实中又复苏了。

从化野千灯供养归来的幽暗小路上，音子所见到的，并不仅仅是病房铁格子窗的幻影，同时还浮现出自己被大木拥抱着的身姿。

倘如大木没写他使尽了拥抱女人的一切招数，自己被大木拥抱的身姿，经过漫长的岁月，恐怕也不会那么栩栩如生地留在记忆中。

在江之岛的旅馆里，庆子被大木拥抱，紧要关头时——

"不由得喊起'上野先生，上野先生'来，结果竟没把我怎么样。"听到庆子这话，愤怒，嫉妒，加上绝望，使音子脸色发青，但音子也感到大木也忆起了她。不只心里想起，会不会刹那之间，他连拥抱音子的姿态都清清楚楚浮现了出来呢?

随着岁月的流逝，与大木拥抱的姿态，在音子心里，渐渐地得到了净化。那姿态，已从肉体的变为心灵的了。如今的自己是不洁净的。如今的大木想必也是不洁净的。可是，二十几年前，两人拥抱的身影，现在在音子眼里，是纯净的。是自己，而非自己，非现实，而为现实。那姿态，已由两人升华而为神圣的幻象了。

忆起往日大木对她的作为，现在又故技重演去拥抱庆子的时候，音子生怕那神圣的幻象被玷污以至消失，但神圣的幻象依然还在。

庆子当着音子的面，照样往小腿、胳膊、腋下涂脱毛剂。刚来这儿的时候，当然是背着音子的。那时浴室里飘出一种难闻的气味。

"做什么呢? 有股怪味儿，是什么呀?"音子问，庆子也不理。音子不需要用脱毛剂，所以不知道是什么。她的皮肤光滑得连汗毛都没有。

头一次看见庆子竖着腿，涂脱毛剂时，音子吃了一惊，皱起眉来。

"好难闻，什么呀? 难闻死了。"

药水擦去，毛也随之脱落。

"哎呀，真恶心人! 别弄了，别弄了!"音子捂上眼睛，"汗毛都要竖起来了。"

音子真的打个寒噤，起了鸡皮疙瘩。

"做这么恶心人的事！干吗要做这种事呢？"

"哟，先生，别人不都这样做吗？"

"……"

"有毛，先生摸了，该多不舒服！"

"……"

"我是女人嘛，毕竟……"

她的意思是，为了让音子摸，才要把毛去掉的。即便音子是个女人，庆子也希望自己的肌肤，有女人的光滑细腻。音子目睹脱毛情景所感到的嫌恶，以及庆子话里那露骨的情爱，心中不由得苦闷起来。刺鼻的恶臭，直到庆子到浴室把药冲去之后仍未消失。

庆子回到音子身旁。

"摸摸看，先生。这下可滑溜了。"说着掀开下摆，伸出白腿，音子只瞥了一眼，手没去碰。庆子自己用右手摸着小腿，一边说：

"先生，干吗那么愁眉苦脸的？"她盯住音子，眼色之间表示事已如此，何必后悔。倒是音子躲着她的目光。

"庆子，下次到别处去弄，别叫我看见。"

"我再也不想瞒着先生做什么事了。也没什么事好瞒着先生的了。"

"可是，我讨厌的事，别让我看见还不行吗？"

"这种事，见惯了也就不当回事了。跟剪脚趾甲一样嘛。"

"在人面前剪指甲，磨指甲，是没礼貌的。你一剪起指甲，掉到各处都是……下次剪，手要接住，别乱掉。"

"好的。"庆子顺从地点点头。

从那以后，庆子除腿毛没故意让音子看，但也没躲起来弄。而音子却总也瞧不惯，像庆子说的那样。不知是庆子换了别的脱毛药了呢，抑或是同一牌子的药有了改进，臭味不像以前那么厉害了。不过庆子脱毛的样子，仍让音子感到恶心。擦去小腿和腋下的药时，毛也随着脱落下来，音子简直没法看。于是便躲到眼睛看不见的地方去。然而，嫌恶的背后，似有团小火在明灭不已。那团火又远又小，连心灵的眼睛都难以捕捉，但却既静谧，又清纯。那静谧与清纯，是因为她想起了二十几年前的大木年雄，还有少女音子自己。音子看到庆子脱毛的光景感到恶心，恶心之中有种压迫感，那是女人与女人肌肤相触引起来的。每逢那时，未及反省，便欲呕吐。但是，只要想起大木，便会出奇地镇静下来。

被大木拥抱时，音子从没想过自己的腋毛。而且，也没想过身为男人的大木有没有。难道说是她糊涂吗？相比之下，音子对庆子，却要从容得多，她成熟而为一个可厌的中年女人了。从十七岁被迫离开大木，直到接触庆子，音子始终是独身一人。这期间，作为一个女人，音子已完全成熟，又因庆子而有了自觉，连她自己都惊愕不已。倘如音子接触的不是女人的庆子，而是男人的话，那么，一直藏在她内心深处对大木的一腔热爱——那神圣幻象，岂不瞬时便会打破？她有时甚至还这样担心过。

音子被迫与大木分开，曾自尽过，却未果。万一死成了，短暂的生命，何其完美！这个念头在音子心里，始终不失其真诚。她甚至还想，在自杀未遂之前，婴儿夭折之前，要是难产死掉，就无须给关进精神病房的铁窗里，那就更完美了。悄然流逝的漫长岁月，净化了大木所造成的创伤。

"在我，你实在是可爱得我不配领受。这简直是人间天上，奇迹般的爱。要回报这幸福，唯有以死相酬，难道还有其他？"大木的这些甜言蜜语，音子至今记忆犹新。这娓娓动听的情话，已是大木的小说《十六七岁的少女》中的对话，这话甚至使人觉得，已不属于作者的大木，或是模特儿的音子，似乎成为人世间永恒不朽的话语了。换言之，曾经相爱过的两人，往日的音子和大木，或许已经消亡，但他们的爱，却永存于文学作品之中，而成为不朽。音子的悲哀里，既有慰安，也有留恋。

音子的母亲留下一把剃刀。连汗毛都没有的音子，虽然一年中用不上一次，不过，有时忽然想起来，会用母亲的剃刀刮刮后颈，前额和嘴角。有一次，看到庆子要脱毛，出其不意地说：

"庆子，我来给你刮。"从梳妆台里找出母亲的剃刀。庆子一见剃刀，便说：

"不！先生。多吓人哪，我怕。"赶紧逃走了。这一逃，反倒引得音子去追。

"不会有危险的。来，我给你刮。"

庆子给捉住后，并没有挣扎，勉勉强强地被带到梳妆台前。当音子在她胳膊上涂好肥皂，把剃刀挨上去时，庆子的指尖竟然直打战。为这点子小事，庆子居然会发抖，音子实在没有料到。

　　"不怕，没危险。别动，也别抖……"

　　可是，庆子的不安与畏惧，更刺激了音子，反而是一种诱惑。音子也浑身发僵，从胸部到肩膀，都使上了力气。

　　"腋下，有点怕，就算了吧。脸上……"听音子这样说，庆子便说：

　　"等等，让我喘口气。"庆子一直屏着气的。

　　音子刮了庆子的眉梢，还有嘴角。刮前额的时候，庆子始终闭着眼睛。音子手托着庆子的脖子，庆子头上的重量靠在音子的手上，稍稍向上仰着脸。修长的脖颈，吸引住音子的目光。跟庆子的性情大不相似，那么纤细、柔弱、端正、娇嫩，闪耀着青春的光辉。音子停下手，于是庆子睁开眸子，问道：

　　"怎么啦，先生？"

　　如把剃刀扎进这可爱的脖子，庆子就会死去，音子忽然这样想。从这最可爱的地方，扎上一刀，顷刻之间，真是轻而易举。

　　虽然没有庆子的脖颈那么美，但音子的脖颈也像少女一般纤细，曾经被大木搂过。

　　"憋死了……会死的呀！"音子喊道，脖子给大木使劲勒得透不过气来。

那种窒息憋闷的感觉似又复苏，望着庆子的脖颈，音子几乎要晕过去。

音子给庆子刮汗毛，只有这么一回。后来庆子再也不肯，音子也不勉强。每次用梳子什么的，开梳妆台的抽屉，音子总要看到母亲的剃刀。有时会想起，刹那间脑海里闪过的那一丝杀意。当时，万一把庆子杀死，自己恐怕也非死不可。那丝杀意，微弱得连过路的魔障都算不上。事后倒觉得，像一个温和的魔障。这是不是又逃过一次死的机会呢？

音子知道，在那一闪而过的杀意中，依然潜藏着与大木之间早已逝去的爱情。而那时，庆子尚未见过大木，也未曾插身于大木与音子的爱情之间。

而如今，听说庆子跟大木在江之岛旅馆过夜，音子同大木往日的爱情，仿佛在音子的心中燃起一团莫名之火。在那团烈火之中，音子看见一朵盛开的白莲。她与大木的爱，庆子也罢，别的什么也罢，是任何物事都玷污不了的，那是梦幻之花。

——木屋町茶楼的灯火，辉映在夜色中。音子的心目中，虽有一朵白莲，眼睛却望着河上的点点灯火。她低头俯视良久，然后，抬头眺望祇园对面的东山，那一脉黑黝黝的山峰。山的线条沉稳而圆浑。山上笼罩着的夜色，好似悄然向音子倾泻过来。对岸河畔路上来往的车灯，河堤上幽会的情侣，此岸这一排茶楼凉台上的灯火与顾客，这些音子都视而不见，唯有东山上的夜色，在音子心中弥漫开来。

"《婴儿升天图》得赶紧画了。趁现在就画好。要不快些画，没准儿会画不成呢。以后即便能画出来，说不定会画得不一样，缺少爱与悲哀的情思……"音子心里在这样念叨。这突然的心血来潮，许是因为看见了火中莲花之故吧？

她那澎湃的心潮，很是纯净，连庆子这姑娘，也觉得像火中莲花一样。为什么火中会盛开白莲呢？白莲在火中为什么不会枯萎呢？

"庆子。"音子喊了一声，"心情好了吗?"

"只要先生心情好，我就开心了。"庆子讨好似的说。

"直到现在，庆子最悲哀的事是什么……"

"是什么呢?"庆子不经心地接过音子的问话说，"多得很，我也不清楚。等我一件件想起来，回头再跟先生说。不过，我的悲哀都很短暂。"

"短暂?"

"是啊。"

音子凝视着庆子的面庞，沉声说道:

"只有一件事，今晚我要求你。求你别再去见镰仓的人了。"

"是大木先生吗? 还是他儿子太一郎?"

音子叫这意外的反问，刺了一下。

"两个都是。"

"我只是为替先生报仇，才去见他们的。"

"又来这一套。你这人，真想不到，太可怕了。"

音子几乎变脸，忽然莫名其妙地，竟要流出眼泪来，于是闭上了眼睛。

"先生是胆小鬼，先生是胆小鬼……"

庆子说着站起来，绕到音子身后，两手按住她的肩膀，然后抚弄她的耳朵。音子感到一片寂静，随即耳中听到河中潺潺的流水声。

青发千丝

"哎哟！老爷，老爷。"妻子在厨房喊大木。"有位玉体硕大的鼠太太光临，躲到煤气灶下面去了。"

"是吗?"

"好像还带着鼠少爷哪。"

"是吗?"

"唉，请老爷移步过来看看就好了，方才……"

"方才，鼠少爷还露了露他那可爱的尊容呢，……"

"哦。"

"用一双亮晶晶、黑溜溜的美目瞧着我哩。"

"……"

大木正在起居室里看早报，飘来一阵酱汤的香味。

"哎哟，漏雨啦。在厨房的上面。听见了没有？我说大老爷。"

起来时即已下雨，骤然间竟变成滂沱大雨。与此同时，大风摇撼着小山上的树林和竹丛，忽而一转，向东刮来，雨脚横斜。

"听不见哪，外面的风雨那么大……"

"过来看看好不好？"

"嗯。"

"雨珠小姐摔在屋瓦上，缩起娇躯，通过窄缝，直落到天花板上，必是痛得很哩。状似泪珠的雨珠小姐，会不会真的摇身变而成眼泪，哭起来呢？"

"言之有理。"

"今晚放上捕鼠笼子吧。铁笼子在储藏室的架子上搁着。我够不着，回头你给拿下来吧。"

"让鼠太太母子屈尊，关进笼子里，这样好吗？"大木眼睛不离报纸，慢吞吞地回答。

"漏雨怎么办？"文子问。

"厉不厉害？是不是风雨交加的缘故？等明天我上房顶看看再说。"

"那多危险，您老先生……房顶让太一郎爬吧。"

"谁是老先生？"

"五十五，在公司，或在报社，不是该退休了吗？"

"说得好。那就让敝人也退休吧。"

"请吧，悉听尊便……"

"小说匠究竟该到多大年纪退休？"

"直到死也不退休。"

"你说什么？"

"对不起。"文子道了歉，恢复平时的声调说，"我的意思是说，可以一直这样写下去。"

"这种期望，可太要命了，老婆的期望则更加要命……好像魔鬼挥舞着烧红的铁棍，站在身后一样。"

"说谎的本事倒越来越大了。我几时打过你屁股来着？……"

"哼。捣乱总有过吧。"

"捣乱？……"

"各个方面，包括嫉妒。"

"嫉妒在女人是免不了的，苦口良药中含的毒药，剧毒，托您的福，从年轻时起就全领教过了。"

"……"

"还有妖刀……"

"伤害对方，也伤害自己。"

"不管你再有什么事，我现在也不会跟你离婚，或是去寻死了。"

"老人离婚令人讨厌，但老人殉情，却最为可悲。那要是上了报，年轻人会憧憬年轻恋人的殉情，而与之相比，老人看到老人自杀的消息，那悲哀岂不更为深切！"

"提到殉死，是因为你曾深切地考虑过……尽管是很久以前，年轻时的事……"

　　"……"

　　"不过，愿意一起情死，或想一起情死，你这种深切的心情，好像没好好向对方少女表示过，对吧？现在想起来，当时要是告诉她，是不是会更好？她虽然自杀过，大概做梦也没想到，你也有殉情的心思。岂不怪可怜的？"

　　"她没自杀。"

　　"虽然未遂，可也是真心哪，跟自杀还不是一回事！"

　　文子显然说的是音子。

　　文子在炒菜，炒锅里的油，吱啦作响。

　　"酱汤煮过火候了。"大木说。

　　"是，是，知道了。阁下的贵酱汤，我总是……这么多年里，为了贵酱汤，不知挨过多少骂。就因为你，把各地的大酱，全搜罗了来……"

　　"……"

　　"你是想把糟糠妻弄得一身酱臭，对吧？"

　　"你知道大酱用汉字怎么写吗？"

　　"可以用平假名嘛。"

　　"连着写三个御字：御御御酱。"

　　"是吗？跟'御御御足'一样，要写三个御字？"

　　"自古以来，凡是连写三个御字的菜，都是珍馐美味，火候味道，最难掌握哪。"

"今朝的'御御御酱',未能精心做成美味的御酱汤,令阁下心中不悦吧。"

文子连大老鼠、漏雨等词儿,也一味滥用敬语,常常以此来调侃丈夫。外地出身的大木,至今还写不好东京土话中地道的敬语,有时越弄越糊涂,便向在东京土生土长的文子讨教,但妻子告诉他时,又不肯老老实实听,往往从刨根问底的议论,直到无休无止的争吵。大木硬说,东京土话不是标准语,是传统不深、粗俗鄙野的方言,是乡下土话。关西土话,不管议论什么人,习惯上总是用敬语,而东京土话说到别人,却非常没有礼貌。关西土话,对鱼虾、蔬菜、山川、房屋、道路,以及日月星辰,天时气候,全用敬语。大木对妻子,毫不让步。

"你既然这么说,去跟太一郎商量好了。太一郎可是国文学家哩。"文子抢白道。

"太一郎懂得什么!在国文学家里,他也许算个小角色,但从没研究过什么敬语法。他们那帮学者,彼此交谈,首先,既杂乱又粗俗,简直不堪入耳。至于他的研究与评论,更写不出地道的日文来。"

其实,大木写东京土话,不乐意找儿子商量,或接受指教,是他嫌麻烦。问妻子要随便亲切得多。可是对于敬语,大木刨根问底一追问,连文子这个东京人,也会给问糊涂。

"一个国文学家,能写出格调纯正、文理通顺的日文的,也许只有从前的那些汉文修养深厚的人。该劝劝太一郎才是……"

"那同平时说的话不一样嘛。日常会话里稀奇古怪的新词儿，每天如同鼠太太生小少爷似的造了出来，不管三七二十一，连重要的东西，也乱咬一通，变得叫人眼花缭乱……"

"结果寿命很短，即便留下来也成了古董……同我们的小说一样，能保留五年的，极其少见。"

"流行的时髦话，能保留到明天就不错了。"文子一边说，一边把早饭端到起居室。同时，脸上不露声色地说：

"我这条命，从你想跟那位小姐一起情死时起，倒居然还能苟延残喘到今天。"

"为人妻者，也没有退休的嘛。好可怜……"

"但可以离婚哪……一辈子哪怕一次也好，我也曾想尝尝离婚的滋味呢。"

"现在也为时不晚嘛。"

"已经没那个兴致了。俗话说，后脑勺一秃，机会全要丢。"

"你后面的头发可是又密又没白。"

"但你脑门上也秃了，连抓住前面头发的机会也丢了。"

"我前面的头发帮我防止离婚，成了牺牲品。上哪儿找这样不会拈酸吃醋的太太哟……"

"我要生气啦。"

这对中年夫妇，一边斗嘴说些无聊的话，一边照例吃他们的早饭。文子看起来挺高兴。从方才的话里也能肯定，她想起了《十六七岁的少女》中的音子，但今天早晨似乎无意于深究过去。

暴风雨般的大雨已过，渐渐停息下来。然而，尚未云开日出。

"太一郎还在睡吗？叫他起来。"大木说。

"嗯。"文子点点头说，"不过，我去叫，他不会起来的。准会说，学校放暑假，让人家睡嘛……"

"今天他要去京都吧？"

"在家吃过晚饭，直接去机场就行了。"

"……"

"京都那么热，去做什么？"

"你问太一郎不好吗？说是突然想去看一下三条西实隆的墓。似乎想围绕《实隆公记》进行研究，打算写学位论文……你知道三条西实隆是什么人吗？"

"朝廷的大官吧？"

"那是当然的了。他留下一部庞大的日记《实隆公记》。为人似乎很风趣。太一郎大概想以《实隆公记》为主，去调查东山文化吧。"

"太一郎说要把那些可以写成小说的逸闻，连同无聊的细节都搜集来，让我写篇小说。真是无稽之谈。这些无聊的细节，大抵都是编造出来的，是越编越玄的口头传说。太一郎倒认为这能把小说某些部分写得生动活泼。看他说话的神气，自以为是个了不得的学者哩。"

文子没有表示什么，只微微点点头，露出一丝温和的微笑，几乎让人察觉不出来。

"去叫学者先生起床吧。"大木说着站了起来，"老子都要坐下来开始工作了，哪有儿子还在睡懒觉的。"

"是。"

大木年雄走进书斋，独自以手托腮，重新回味方才"小说匠退休"的玩笑话，这回可没有一点戏谑的意思。洗脸间响起漱口的声音。太一郎一边擦脸一边走了进来。

"这么晚才起。"父亲责备道。

"早醒了，躺在床上胡思乱想来着。"

"胡思乱想？……"

"爸爸，皇女和宫的墓发掘出来了，您知道不知道？"太一郎说。

"和宫的墓给挖了？"

"要说是挖呢，也可以这么说……"太一郎想使父亲的震惊平息下来，说道，"是发掘。为了学术调查，不是常要发掘古墓吗？"

"嗯。不过和宫的墓，算不上古墓吧？她什么时候去世的？……"

"一八七七年。"太一郎明确地说。

"一八七七年？……那不是连一百年都不到吗？"

"是啊。可是，据说和宫已完全成了一堆白骨。"

"……"大木皱起了眉头。

"听说枕头和衣服都没有了，连殉葬品也一样不剩，唯有一堆白骨。"

"那太惨了。把那样的东西挖出来……"

"据说那姿态就像一个玩倦了的孩子，在那里打盹，又天真又优美。"

"那堆白骨……"

"是的。据说在头骨下面，有一束短发，黑黑的头发依旧散发出年轻女性的高贵。"

"你说胡思乱想，就是在想那堆白骨的事？"

"是啊，但也不光想那白骨的事。白骨之中，自有一段优美，妖艳，和幻化无常的故事……"

"什么故事？"大木仍然提不起兴致，没去附和儿子。不幸的皇女三十来岁上死去，挖开她的坟墓，调查她的白骨，大木觉得无礼，很是反感。

"什么故事？……那是无法想象的。"太一郎说，"对了，我想让妈也听听，叫她来好吗？"

大木对拎着毛巾站在那里的太一郎，轻轻点了点头。

太一郎一边大声说着，一边把母亲带到书房来。将方才对父亲说过的话，又对母亲说了一遍。

大木为弄清事实，从走廊书架上抽出一本书，翻到有关和宫内容的那页，然后点了一支烟。

见太一郎拿着一本薄薄的东西，像是杂志，便问：

"是出土调查报告书吗？"

"不，是博物馆的杂志。博物馆有位姓镰原的，在一篇随笔中，写到和宫梦幻一般的故事。调查报告里恐怕不会有。"太一郎顿了一下，盯着随笔，一边往下看一边说，"和宫的两臂之间，发现一块玻璃，比名片稍大。据说那是墓中跟白骨在一起仅存的一样东西。那块玻璃，听说，从事染织的人想弄清楚，究竟是化妆镜还是湿版照片，便用纸包起来，拿回博物馆去了。"

"湿版，玻璃照片？……"母亲问。

"嗯。在玻璃上涂上什么溶剂，趁湿显像……从前就有照片不是？就是那种。"

"哦，是那个？我也见过。"

"在博物馆里，染织学者将那块变得透明的玻璃，对着光从各种角度去透视，说是看出一个男人的像来……结果还是照片哦。是个穿着武士礼服，戴着黑漆礼帽的年轻男子。头像已经有些模糊了……"

"是家茂将军的照片吗？"大木也给太一郎引起兴趣，便问。

"嗯，可以这么认为吧。和宫是抱着先她而逝的丈夫的照片，化成了白骨，染织学者也这么认为。所以，打算第二天同文化遗产研究所商量，要设法把照片弄得更清晰些。"

"……"

"可是，第二天早晨，在光线下一看，影像竟然消失不见了。一夜之间，就变成了一块普通的玻璃。"

"哟!"母亲望着太一郎的面孔。

"是因为长年埋在土中,接触到地上的空气和阳光的缘故。"父亲说。

"正是。染织学者绝不是因心理作用看到什么幻象,那确实是照片,还有证人。他正在看的时候,恰好警卫过来巡逻,便给他看了一眼,警卫也说,确是位年轻男子的像。"

"是吗?"

"随笔里这样写道:实是一件幻化无常之事。"

"……"

"可这位博物馆馆员是个文学家,文章并不以'幻化无常'做结束,他还加以想象。要说和宫真正爱的,该是那位亲王吧?白骨所抱的照片,会不会不是她丈夫家茂将军,而是情人亲王呢?也许是临终之际,和宫偷偷吩咐侍女,把情人的玻璃照片跟自己的遗体葬在一起的吧?这样,才与悲剧性的皇女更相符。他是这么写的。"

"嗯?纯属想象吧。若真是情人的照片,从墓中挖了出来,倒是一夜之间便消失了的好。"

"随笔里也是这样写的。那张照片应该让它秘密地,永远埋在地下。出现在地上,一夜之间便影像全无,那应是皇女和宫所希望的。"

"就是嘛。"

"我以为,作家应捕捉这须臾即逝的美,予以再现,将其升华为甘美芳醇的作品。——这是随笔的结尾。爸爸要不要写一写?"

"这，我未必写得了呢。"大木说，"从发掘现场起笔，写成一篇紧凑的短篇小说倒不错……不过，那篇随笔不是写得挺好吗?"

"是吗?"太一郎有些抱憾地说，"今早我躺在床上看，一时遐想联翩，便想跟爸爸说说这事。回头您看看吧。"说着把杂志放在父亲的书桌上。

"好吧，我看看。"

太一郎站起来要走。

"皇女和宫的白骨……她的遗骸后来怎么样了?"文子问，"总不至于送到大学或是博物馆那种地方，当研究资料用吧?否则就太惨了。会不会照原样埋到坟里呢?"

"这，随笔倒没写，我也不知道。大概会照原样埋起来吧。"太一郎回答说。

"可抱着的照片没了，遗骸不是寂寞了点吗?"

"啊，这我却没想到。"太一郎说，"爸爸，要是小说，结尾会写到这一层吗?"

"那就会流于感伤了。"

太一郎离开书房。文子也要起身走开:"你该工作了吧?"

"不，听了这故事，要不散散步，心里不好受。"大木说着，离开书桌。

"天晴了吧?"

"云还未散，不过暴雨之后，倒挺凉快的。"文子站在廊下，望着天空，说道，"从厨房出去吧，顺便看看漏雨的地方。"

"刚才还说皇女和宫是不是寂寞，马上又叫人去看漏雨。"

厨房门口的鞋柜里，也有散步用的木屐。文子一边给丈夫摆好木屐，一边说：

"太一郎讲起坟墓，便要到京都看坟去，这好吗？"

"什么？"大木诘问道，"这有什么……不好的？你说话真是前言不搭后语。"

"谁前言不搭后语啦？听他讲皇女和宫时，就在寻思他去京都的事。"

"那是好几百年前，室町时代的墓葬呀。三条西实隆等人的墓……"

"太一郎去京都，是去看那位小姐的。"

大木又是一个意外。文子蹲在地上，给丈夫摆木屐，自然是低着头说太一郎去京都的事，现在站了起来，与正在穿木屐的大木，脸离得很近。文子的眼睛，盯住大木。

"那位美得惊人的小姐，你不觉得是个可怕的女人吗？"同坂见庆子在江之岛过夜的事，大木一直瞒着妻子，猛不防给问得张口结舌。

"我有种不祥的预感。"说话时，文子始终盯住大木的面孔，"今年夏天，还没打过一次像样的雷呢。"

"又说些莫名其妙的话……"

"像方才那样的骤雨，今晚若再下一场，保不准雷会打到飞机上呢。"

"胡说些什么……雷击飞机的事，日本还没有过呢。"

大木从妻子跟前逃也似的出了家门。那么大的一阵雨，竟没把雨云拂掉，天空阴沉，湿气浓重。然而，即使雨过天晴，恐怕大木也无心抬头看天。儿子到京都去会庆子的事，始终盘旋在大木的脑海。是不是去幽会固然不能断定，可没料到，经妻子一说，越发认定儿子是去幽会的了。

他离开书房，说要去散步的时候，本来打算在北镰仓众多的古寺中，随便去一处走走的，可听了妻子那番古怪的话，便又打消了这个念头。那里好像有坟墓，此刻觉得厌恶。大木登上一座离家较近，杂木丛立的小山。雨后的山上，散发出夏天的树木与泥土的气息。等自己的身子整个儿隐没在树叶之中，不禁想起了庆子的身体。

庆子那美丽的身躯，赫然先浮上眼帘的，是她的乳头。那乳头是粉红的，粉红中带些透明。日本人虽然是黄色人种，但有些女人细皮白肉，比白种人还要柔嫩光滑。白白嫩嫩的肌肤，仿佛自内往外透露出女人的韵味。较之西方少女白中透粉光溜溜的肌肤，好似更加妙不可言。乳头上的那一点粉红，更是任何一国的女人，即便是少女，恐怕也是绝无仅有的。粉红色中，似有一种无可形容、若有若无的色泽。庆子的肌肤并不那么白，可乳头上的那一点粉红，润泽得像洗过一般。在浅棕色的胸脯上，宛如含苞欲放的花蕾。没有一些难看的小皱纹和小颗粒。衔在口中，与其说是大小可爱，不如说是小得可人。

然而，大木之所以先想起庆子的乳头，并不仅仅因为它美。在江之岛的旅馆里，她只让大木抚弄右边的乳头，却避开了左边的。大木刚要去摸左边的，庆子的手掌便紧紧地捂在上面。大木抓住她的手想拉开来，庆子扭动着身子，似要跳起来一样。

"不，不要嘛！求您了，求您了……左边的不行……"

"什么？"大木停下手，"为什么左边的不行？"

"左边的没出来。"

"没出来？……"对庆子的话，大木感到迷惑不解。

"不好。我不愿意。"庆子仍喘着粗气。这话也让大木一时难以意会。

庆子说的"没出来"，是什么没从乳房里出来？"不好"，是什么不好？难道是指左边的乳头凹在里面没出来？还是说瘪塌塌的变了形？是不是庆子多虑，认为是畸形？要不然，左右乳头形状不一样，怕人看了，年轻女孩感到难为情？这时，大木恍然想起，方才庆子给抱起来放在床上，胸和腿缩成一团，弯着左肘，好像左乳确实比右乳压得更紧。但是，在这之前以及后来，大木都曾见过庆子的胸脯和两乳。虽非有意察看两只乳头是否两样，若是左乳头有什么异样，该会引起大木的注意的。

结果，大木使劲拉开庆子的手一看，左乳头其实没什么两样。仔细察看之下，左乳头只不过比右边的好似稍小一些而已。左右乳头略有不同，在女人来说，并不奇怪。何以庆子对左边竟避讳到如此地步呢？

越是遮掩撑拒，越是想去摸，大木一面死乞白赖地要摸她的左乳头，一面说：

"是不是左边的只让一个人摸？有那样的人吗？"

"不是那么回事。没那样的人。"庆子摇头否认。睁大一双眼睛，凝视着大木。因为大木的脸挨得太近，故而看不大出，她的眼睛濡润朦胧，纵非泪水，却也满含悲哀的神色，至少不是接受爱抚的眼神。然而，庆子立即闭上眼睛，放弃挣扎，让左边也随大木去弄。俨然一副"绝望"的样子。大木见状松开手，庆子怕痒似的动了动胸脯，起伏喘息。

这回大木知道了，庆子左右两边的感觉是不同的。也明白了庆子所说的左边"不好"的意思了。倘若是初次接受男人爱抚的女孩子，她的话是够大胆的。但这也许是年轻女孩耍心眼使的小把戏。女人左右两边不同的快感，反更能勾引男人，非亲自去体验一下不可。即使这种不同是与生俱来，不能治愈的，但女人的这种异常，唯因其异常，才更能刺激男人，更能留下深刻的印象吧。左右乳头感觉会有如此不同的女人，大木还从来没碰到过。

每个女人当然有其愿意受人爱抚之处，和爱抚的方式。这因人而异，可像庆子这样左右不同，是不是太极端了呢？倘或如此，庆子无感觉的左乳头，对大木反倒更具诱惑力。并且，庆子左右之不同，恐怕是哪个不懂女人的生手给造成的吧？她的左乳头，格外地撩拨大木。不过，要想使她左右一样，得多次重复才行，要费相当的时日。大木不知道，以后是不是有那么多机会，能跟庆子常常幽会。

何况今天初次拥抱庆子，强求触摸她不愿意触碰的左乳头，是愚不可及的。于是大木避开，去找庆子身上她喜欢触碰的地方。他找到了。等他动作狂猛起来，忽听：

"先生，先生！上野先生！"庆子在喊音子，大木一惊，有些畏缩，给推到一边。庆子脱开身，庄重地站了起来，好像在梳妆台前整理蓬乱的头发。大木简直没脸转过头去。

雨声又大了起来，使大木陷入孤独。孤独是何其恣肆骄横啊。

"先生，能不能老老实实地抱着我睡觉？"庆子回到大木面前，妖媚地说，一边从底下瞅着大木的脸。

大木的左臂搂着庆子的脖子，躺在那里什么也没有说。对音子的回忆不断涌上心头。倒是庆子把身子靠了过来。过了一会儿，大木突然冒出一句：

"闻到庆子的味儿了。"

"庆子的味儿……"

"女人的味儿。"

"是吗？怕是闷热的缘故吧……难闻是不？"

"不。不是因为闷热。是女人的香味……"

给一个不讨厌的男人搂着，过上一会儿，女人的肌肤自会散发出一种气味来。只要是女人，哪怕是少女，自己也无法抑制那股气味。这气味不仅能挑起男人的欲望，还能使他安心，得到满足。是女人衷心愿意以身相许，从体内散发出来的吧。

大木当然不能说得那么露骨，只把脸贴在庆子的胸脯上，让她自己体会这股香味。然而，庆子喊过音子之后，大木虽然笼罩在庆子的香味中，却只是静静地闭起眼睛。

所以，此刻大木在杂树林中，虽然想起庆子的身体，但最终留在印象中的，仍是庆子的乳头。不，与其说是留在印象中，不如说是庆子的乳头重又鲜明地浮现在眼前。

“不能让太一郎去会庆子！”大木斩钉截铁地自语道，“不能让他去！”

大木使劲抓住身边一棵树干。

“怎么办好呢？”他摇着树干。树叶上还挂着的零星雨滴，纷纷落到大木头上。地面上依旧积着雨水，木屐尖也给沾湿了。大木扫视一眼荫庇自己的绿叶。那覆盖在头上的绿色，骤然间令人感到窒息。

为了不让太一郎在京都跟庆子见面，大木似乎只能把自己与庆子在江之岛过夜的事，告诉儿子了。如果不愿意这样做，那么给音子，或是直接给庆子，拍个电报行不行呢？

大木急忙赶回家里，进门便问：

“太一郎呢？……”

“太一郎去东京了。”

“东京？这会儿就走了？不是夜里的飞机吗？不是先回家

一趟，然后再走吗?"

"不是。"

"……"

"说是走之前，先要到研究室绕一下，所以老早就出门了。搁在研究室里的资料，他说要带一点走……"

"奇怪!"

"你怎么啦? 脸色好难看。"

"……"

大木躲着文子的目光，进了书房。既没能告诉太一郎，也没打电报给音子或庆子。

太一郎搭六点的飞机到了大阪。在伊丹机场，庆子一个人来接他。

"这实在是……" 太一郎不知怎么寒暄才好，"没想到你会来接我。真抱歉。"

"你不说谢谢我吗?"

"谢谢你。太抱歉了。"

看到太一郎的目光炯炯发亮，庆子温柔地垂下眼睛。

"是从京都来吗?" 太一郎笨拙地说。

"是的，从京都……" 庆子柔顺地回答，接着又说，"我在京都住，不从京都，从哪儿来呢?"

"可不是。" 太一郎笑了笑，打量着庆子，直到腰带那里，说，"简直美得光艳照人，这会是来接我的人吗? 我都怀疑起自己的眼睛来了。"

"你是说的衣服吗？……"

"嗯，衣服，腰带，还有……"太一郎想说，还有头发和脸庞。

"夏天，我觉得衣服穿得整整齐齐，腰带束得服服帖帖，才凉快。热天，穿着随随便便的，我不喜欢。"

并且，庆子的衣服和腰带好像都是簇新的。

"夏天我喜欢穿得素净些。腰带，挺素的吧？"

太一郎朝旅客行李领取处走去，庆子紧跟在他身后，说：

"这腰带，还是我自己画的哪。"

太一郎回过头来。

"你看像什么？"庆子问。

"嗯，是水吗？是河里的流水？"

"是虹，是无色的虹……只有墨色浓淡的曲线，也许谁都看不出来，但我想让夏天的虹缠在身上。这是垂暮时分，高悬山头的虹。"说着，庆子转过身去，让太一郎看她身后圆鼓鼓的腰带结。鼓形结上，是起伏的青山。山上，一抹淡淡的暗红，渐渐地隐去，那是夕天暮色。

"前后不大调和吧？因为是个古怪的姑娘画的，所以是条古怪的腰带。"庆子依然背着身子说。渐渐隐去的那抹暗红的色彩搭配，以及后面头发拢上去后露出的修长的脖颈，吸住了太一郎的眼睛。

去京都的旅客，日本航空公司免费用出租车送到日航办事处。前面一辆，已有四位旅客先乘了上去，太一郎正游移，又开来一辆，只剩下他和庆子两人了。汽车一出机场，太一郎这才想到，说：

"这个时候从京都来，你还没吃晚饭吧？"

"瞧你！说话总那么见外。"

"……"

"中饭就没想吃。到了京都再吃吧。咱们一起吃。"庆子又悄声细语道，"我呀，从你一出飞机口，就一直看着你。你是第七个出来的吧。"

"第七个？……我是第七个吗？"

"是第七个呀。"庆子确切地重复说，"你下来只顾盯着自己的脚下，就没朝我这边瞧过。要是想到有人来接，一迈出飞机，眼睛就会往接机的人群里找。谁都这样……可你只管低着头，心不在焉地走路。我来接你，简直窘死了，真想躲起来呢。"

"因我没料到你会到伊丹来接我。"

"为什么？那又何必在快信里写上飞机的时刻呢？"

"我是想证明，我确实要到京都来。"

"何况信像电报一样短，除了飞机时刻，别的什么都没写。我还以为是试试我呢。看我能不能来伊丹接你，难道你不是在试我吗？可我，明知道是试我，却还是来接你了。"

"哪儿的话……如果是试你的话，就该像你说的那样，一出飞机便找你，看来没来。"

"你又没写上京都哪家旅馆，要不来机场接，咱们怎么见面呢?"

"我……"太一郎嗫嚅地说,"只想让你知道,我要到京都来。"

"讨厌,这种话,我不爱听。什么意思呀?我不明白。"

"我考虑过,也许会挂个电话。"

"也许? ……也许没挂,就那么回北镰仓了?你只想让我心里惦着,您太一郎先生来京都了是不是?那封快信,只是为了戏弄我,出我的洋相,对不对?你人都到了京都,竟不让我见上一面……"

"不是的,寄那封快信,是给自己鼓劲,好有勇气见你。"

"有勇气见我? ……"庆子一怔,转而柔情蜜意地说,"我是高兴好呢,还是该悲哀好?你说怎么好?"

"……"

"好了,不用你说了……幸好来接你。我,并不是你需要勇气才能见面的那种女孩子……不过,却是一个常常一心想死的女孩子。你尽管瞧不起我,甚至一脚踢开好了。"

"你突然说的什么呀!"

"不是突然。我就是这么个女孩子嘛。你要是那种人,能打掉我的自尊心才好呢。"

"我好像不是那种人,我尽量不去伤害别人的自尊心。"

"看样子也像,但那不行……你得狠狠地作践我才行。"

"你为什么要说这种话?"

"不为什么……"风从车窗吹了进来,庆子一只手轻轻按着头发，说，"也许是我悲哀的缘故吧……方才你下飞机，挺忧郁的样子，低头朝候机室走去。有什么事好让你寂寞的呢？庆子来接你，等你，可你心里却没有她，是不？"

不是的。太一郎方才是一边走，一边想着庆子。但这却不能告诉庆子。

"这也使我悲哀。因为我很任性……要叫你心里想着念着，这世上还有庆子这样一个女孩子，我该怎么办才好呢？"

"我是朝朝暮暮都在想你呀。"太一郎声音有些生硬，"现在见了面也在想……"

"现在见了面也在想……"庆子嘟囔着，"现在见了面也在想，是吗？我在你身旁，真不可思议。因为不可思议，我就不再吱声了。你说点什么吧。"

"飞机没颠簸吗？"庆子问，"傍晚，京都下了一阵瓢泼大雨，我还担心来着。"

"倒没太颠簸，不过，飞机像差点要撞到山上似的，好吓人呢。从窗里看出去，一座黑魆魆的山，挡在前面，飞机简直像一头扎过去一样。"

庆子的手向太一郎的手摸了过去。

"我把黑云看成山了。"太一郎说。手背按在庆子的手掌上，一动不动。庆子的手也半天没动。

汽车驶进京都市内。没有风，连柳条也纹丝不动。也许是阵雨初霁，天并不那么闷热。夜色方浓，宽阔的马路两旁，绿柳低垂，一直伸向远处，尽头便是东山。浮云沉沉的暗夜，天山共色，难以辨别。太一郎感到了京都的情调。

很快便到了日航办事处。

太一郎已在京都饭店订好房间，于是说：

"总之，先把行李放到饭店里。前面不远都看得见，走过去吧。"

"不，我不愿意嘛。"庆子摇头，坐进停在日航门前的出租车里，并催着太一郎。

"去木屋町。"庆子吩咐司机说。

"顺路请在京都饭店稍停一下。"太一郎嘱咐司机时，庆子拦住说：

"不用了，不用停，请照直走。"

木屋町的一家小茶楼，要从一条窄窄的小巷进去，太一郎觉得别有情趣。他们给领进一间房间，正好朝着鸭川。

"这里真不错。"太一郎不由得眼睛望着河水说，"庆子小姐居然还知道这样的地方？"

"先生常上这儿来。"

"你说的先生，是上野先生吗？"太一郎转过头来问。

"是啊，是上野先生。"庆子边说边起身走出房间。太一郎心想，是订菜去了吧？过了五六分钟，庆子才回来，一坐下便说：

"不嫌弃的话，就住在这儿吧。饭店的房间，已经打电话退掉了。"

"什么？"

太一郎惊愕地望着庆子，而庆子则温顺地低下眼睛说：

"对不起。我，是想让你住在我熟悉的地方。"

太一郎无言以对。

"求你了，就住在这儿吧。你在京都，不是只待两三天吗？"

"是的。"

庆子抬起眼睛。她压根儿没有描眉。短短的眉毛，周整的弧线，又漂亮又可爱，覆在黑溜溜的眸子上面，显得一片天真。使人觉得，这眼眉，颜色似比睫毛还要淡。口红的颜色也很淡，只浅浅地涂了一点。嘴唇的形状不大不小，娇艳妩媚，简直叫人不能相信是嘴唇。脸上看不出搽过香粉和胭脂来。

"讨厌！你盯着看什么呀？"庆子眨了眨眼睛。

"你的睫毛真浓……"

"我可没装假睫毛。不信你拉拉看。"

"我倒真想揪住拉一下呢。"

"好哇。请吧……"说着庆子闭上眼睛，把脸凑过去，一边又说，"因为有些弯，看着也许就显得长。"

庆子的脸，一动不动地等着。可太一郎终究不好意思去拉她的睫毛。

"张开眼睛吧。往上一点，眼睛再张大些。"庆子照太一郎说的，张开眼睛。

"要我正脸瞧着你吗？……"

女侍送来了啤酒，还有下酒的小菜。

庆子松下肩来，说："我不会喝酒。"

朝凉台的纸拉门半掩着，看不见外面，但凉台上几位客人似乎已有醉意，夹杂着艺伎，声音渐渐高了起来。下面河边的路上，卖唱的胡琴声渐走渐近，倏然静了下来。

"明天打算做什么呢？"庆子问。

"先去二尊院。再去三条西实隆的陵墓。"

"陵墓？……那我能陪你去吧？我还想请你带我去琵琶湖坐汽艇呢。不一定非明天不可。"庆子望着电扇说。

"汽艇？"太一郎似乎有些犹豫，"我没坐过，不会开呀。"

"我会开。"

"会不会游泳呢，你？……"

"你怕汽艇万一翻了是吗？"庆子看着太一郎说，"那就请你救我。你肯救我吧？我会死死抓住你的。"

"死死抓住可不行。给抓住了，就没法救你了。"

"那怎么办呢？"

"我要抱着你才行，从后面，手臂伸进腋下……"说着太一郎好像晃眼似的移开了目光。在水中抱着这美丽的姑娘，那种感觉涌上了心头。——如果不能抱住庆子浮起来，两人的性命便危险了。

"翻了也不要紧。"庆子说。

"能不能救得了，我也没把握呀。"

"救不了，会怎样呢？"

"别说这种话了。坐汽艇，我有点担心，算了吧。"

"不会翻的。我想坐嘛。人家一直高兴地盼着呢。"庆子给太一郎的杯里斟上啤酒。

"不换上浴衣吗?"

"不，不用了。"

房间的角落里放着浴衣。男用的和女用的叠放在一起。太一郎的目光一直避开那里。房间当然是庆子订的，但摆着女浴衣，却是怎么一回事呢?

这间房间没有套间。太一郎终究不能当着庆子的面脱光衣服换上浴衣。

女侍送来菜肴，没看庆子，也没说什么。庆子也默不作声。

河下游稍远的凉台上，传来了三弦声。这家茶楼的凉台上，觥筹交错，热闹非凡，大阪方言的说话声，太一郎他们听得一清二楚。卖唱的拉着胡琴，唱着流行歌曲，那感伤的旋律已渐渐远去。

坐在房间里，看不见鸭川。

"你来京都，先生知道吗?"庆子问。

"家父吗? 知道的。"太一郎回答，"不过，你到伊丹接我，我能和你坐在这里，他恐怕想不到吧。"

"真开心。太一郎少爷居然肯背着慈父，来跟我幽会……"

"并不是瞒着家父……"太一郎支支吾吾地说，"难道这会是瞒着他吗?"

"那当然啦。"

"你的那位上野先生呢?"

"我什么也没说。不过,大木先生和上野先生,说不定凭
直觉会看穿这套把戏。那就更让人高兴得心跳啦。"

"那不可能。我的事,上野先生不是不知道吗?你跟她说
过什么了吗?"

"我告诉过她,从北镰仓府上回来,你陪我去过镰仓。我
说我喜欢你,上野先生脸色变得好青哟。"

"……"

"你想,那场恋爱伤透她的心,对她的情人大木先生的令
郎,她能不关心吗?我甚至还听先生说过,她不得不跟大木
先生分手之后,你妹妹就出生了,她简直悲哀极了。"庆子黑
溜溜的眼睛熠熠发光,两颊绯红。

太一郎无言以对。

"上野先生正在画一幅《婴儿升天图》哪。婴儿的姿势是
坐在五色的彩云上。但先生对我说过,其实这孩子是不会坐
的,八个月就早产死掉了。"庆子顿了顿,又说,"那孩子要
是活着,就是你的妹妹啦,是你亲妹妹的姐姐呢。"

"为什么要对我说这些?"

"我要替上野先生报仇。"

"报仇? ……向家父吗?"

"是的。还有你……"

"……"

太一郎剥不下盐烤香鱼的肉。筷子尖似乎发僵。庆子便把太一郎的盘子移到自己面前，一边灵巧地给他剔鱼刺，一边说：

"大木先生说过我什么吗？"

"没有，什么也没说……因为我不跟家父谈你的事。"

"为什么？这为什么？"

在庆子的逼问下，太一郎面显阴沉，好像心口上被人用湿手摸了一把似的。

"我跟家父从不谈女人的事。"太一郎终于吐出这么一句来。

"女人的事？……你是说……女人的事吗？"庆子笑靥如花。

"你说为上野先生还要向我报仇，这个仇怎么个报法呢？……"太一郎声音干涩地问。

"怎么个报法，说出来就没意思了，但也不过如此吧。"

"……"

"我所说的报仇，或许就是喜欢上你……"庆子的眼睛，似在遥望对岸的河滨大路，"你觉得奇怪吗？"

"不。让我喜欢上你，就是你所谓的报仇？……"

庆子点点头。那是如释重负，直截了当地点头。

"是女孩子的嫉妒呀。"庆子低低地说。

"嫉妒？……嫉妒什么？……"

"因为上野先生至今还一直爱着大木先生……让她吃了那么大的苦，却一点都不怀恨……"

"你那么爱上野先生吗？"

"嗯，爱得要死……"

"家父很久前的往事，我没法儿弥补，但我能与你这样相会，难道同上野先生和家父往日那段情缘，非要连上吗？不这样认为，就不成吗？"

"非这样不成。"

"……"

"假如我不在上野先生那里，对我来说，这世上就像没太一郎少爷这个人似的。哪儿会相遇呢……"

"我不愿意这么想。一个年轻的小姐，有这样的念头，是叫过去的亡灵给缠住了，所以，你脖子才细。虽说细才美……"

"脖子细是因为没爱过男人……这是上野先生说的。我才不喜欢脖子变粗呢。"

太一郎想去搂庆子娇美的脖颈，但他克制住了这种冲动，说：

"这是魔鬼的私语吧。你还在咒语的束缚之中呢。"

"不，我是在爱情之中。"

"我的事，上野先生什么都不知道吧？"

"不过，在北镰仓府上见到你后，回来对上野先生说，太一郎少爷可能跟令尊大木先生年轻时一模一样。"

"哪儿的话，那……"太一郎激动地说，"我才不像家父。"

"你生气了？说你像令尊，你不高兴吗？"

"从机场见面以后，你就一直对我说谎，对吧？你骗我，好让我猜不透你的本意究竟何在，是不是？"

"我没有说谎呀。"

"那你就是那种人了，非要那样子说话，是吗？"

"你说得太过分啦。"

"哪怕作践你也不要紧，这是你亲口说的吧？"

"不能作践她，你就认为这姑娘没说实话，是不是？可我并没有说谎呀。只不过你还不了解我罢了。本意究竟何在，深藏不露的，岂不是你太一郎少爷吗？真叫人伤心。"

"是真的伤心吗？"

"真的。伤心得很。究竟是伤心，还是高兴，我弄不清。"

"为什么同你在这里，我也弄不清。"

"不是因为你喜欢吗？"

"这我知道。可是……"

"可是？……"

"……"

"可是什么？可是什么？"庆子拿起太一郎的手，握在两手当中，摇着说。

"你还什么都没吃呢。"太一郎说。庆子只吃了两三片生鲷鱼片。

"婚礼酒宴上，新娘子恐怕是不能吃东西的。"

"瞧，你这人，专说这种话。"

"那不是你吗，提起什么吃东西的事来?"

苦　夏

音子是苦夏的体质。

在东京时，正当少女，从不在意苦不苦夏这类事，而且也记不得了。搬到京都以后，在二十二三岁上，才确乎知道自己苦夏。那还是母亲告诉她的。

"音子也苦夏哩。你这体质是秉承我的遗传呀。"母亲说，"差的地方竟然像得很哪。虽然觉得你这丫头性格刚强，体质上毕竟是我的孩子。真是没说的。"

"我哪儿刚强呀。"

"性子可烈呢。"

"才不烈呢。"

刚强啦，烈性啦，母亲说这些，准是想起同大木恋爱时的音子。然而，那早已超越了性情的刚强或软弱，不正是一个少女的一往情深，一种痴情吗？

迁居京都，母亲的心思也是为了排遣和消解音子的悲哀。所以，母女俩谁都避免提起大木年雄的名字。但是，在这人地两生的城市里，只有两个伤透了心的人相依为命，相互厮守，这就越发要窥探彼此心里的大木。母亲把女儿看作是映照大木的镜子；女儿也把母亲看作是映照大木的镜子。结果这镜子便将母女两人都映了进去。

音子写信时翻开国语辞典，那页上的"思"字，赫然映入眼帘。日语的"思"字，有恋慕的意思，难忘的意思，也有悲哀的意思。音子眼睛看着，心头却揪紧一般似的痛楚。连字典也不敢随便去翻了。她怕那辞典，再也没去碰过。国语辞典里也有大木在！辞典里有不计其数的词语，都能让人想起大木来。只要音子一息尚存，所见所闻，无不与大木连在一起。音子怎么也不能想象，除了大木所爱的，还会有别样的自己。

母亲想让女儿忘掉大木，音子自然心里透亮。母女两人形影相随，那恐怕是母亲唯一的愿望吧。可是，做女儿的，音子却不想忘掉大木。既然忘不了，倒不如想着他，甚至成为她精神的支柱。要不这样，岂不成了行尸走肉？

十七岁的音子能走出有铁格子的精神病房，并不是因为与大木相爱的伤痛得到平复，似乎是因为这一切已沉潜在她的内心深处。

"我怕。要死了。我要死了。别这样，别这样，别再……"音子曾在大木的怀里，不顾一切地拼命挣扎。大木一松手，音子睁开眼睛。一双张大的眸子，莹润有光。

"我看不清宝贝儿的脸，好像荡漾在水中，模模糊糊的。"当时，十六岁的小姑娘，竟管三十一岁的大木叫"宝贝儿"。

"我呀，要是先生死了，我也不活了。真的，没法儿活下去了呀。"音子的眼角，泪光闪闪。那不是悲哀的泪水，是她人松弛下来后，眼睛更加莹润所致。

"音子若死了，就没人能像音子这样想着我了。"大木说。

"所爱的人儿死了，再去想他，我怎么受得了。我办不到啊。还不如死了好。好嘛，让音子也死掉吧……"音子把脸贴在大木的喉咙上，晃着头说。

大木权当这是少女的枕边情话，沉默了片刻才说：

"如果有手枪对着我，或是刀子捅过来，能为我挡着的，恐怕只有音子你了。"

"嗯，不论什么时候，我都情愿替你去死……"

"不是那样想着替我死，而是在我意外碰到危险时，眨眼之间能不顾一切去保护我……顿时就能奋不顾身。"

音子点点头，说："会那样做的，一定会……"

"能为我这样做的男人，一个都没有。肯拼命保护我的，却只有你这个小小的女孩子啊。"

"不小。我，不小了。"音子说了两遍。

"不小的地方，在哪儿？……"大木去摸音子的胸脯。

那时，音子怀上自己的孩子，大木也想过这事。甚至还想到，万一自己有什么不测死掉了，这孩子难免要随着音子一起消失的吧？——这是后来，音子读了大木的《十六七岁的少女》才知道的。

不记得是二十二还是二十三岁那年，母亲说，音子也会苦夏，这或许是音子已到了那个年纪，或许是母亲以为，音子已不会因相思大木而消瘦了。

音子尽管溜肩瘦骨，天生苗条，却从不生病。虽说大木的孩子小产了，同大木的恋爱吹了，自杀未遂，又住精神病院等，那时，人自然瘦弱，眼神也异乎寻常，但身体却比精神恢复得快。可她那颗尚未平复依旧破碎的心，对自己年轻而结实的躯体感到厌恶。若非因思念大木，眼含忧愁，别人恐怕看不出这姑娘内心的悲哀吧。她那含愁的目光，别人以为是年轻女孩对未来的憧憬，反使她平添风韵。

母亲苦夏，音子从小便知道。给母亲揩后背和胸口上的汗，是音子尽孝心之一法。一边揩，一边看着消瘦的母亲，嘴上却不说什么，她已看惯了母亲这样苦夏。然而，音子秉承母亲苦夏的体质，直到母亲告诉她之前，自己却从未想到过，也许是因为年轻粗心的缘故。还不到二十岁，音子大概已有些苦夏的征兆了。

在京都，二十五岁以后，音子一直穿和服。穿裙子或长裤，虽然能让人一眼看出身段的苗条，却也能叫人看清浑身上下苦夏的那份消瘦来。并且，每逢苦夏，必然使她想起母亲。

随着年纪大起来，音子也越发苦夏，更加怕热。

"治苦夏，什么药好？报纸上登了许多广告，妈，您用过什么药没有？"有个夏天，音子问过母亲。

"是啊，好像都管用，又好像都不管用。"母亲回答得含含糊糊。隔了一会儿，郑重其事地说：

"音子，对于女人的身体，结婚比什么药都强。"

"……"

"女人生在世上，天赐的良药，便是男人。这是女人都须品尝的呀。"

"如果是毒药呢？……"

"毒药也得尝。音子虽然不知道，却已尝了毒药，可你现在，并不认为那就是毒药吧？不过，解毒的良药倒确实有。而且，还有以毒攻毒的药呢。男人这剂药尽管苦口，可以闭上眼睛，一口气咽下去试试。虽说有的药叫人恶心想吐，咽不下去……"

男人，这剂女人的良药，音子终于没有尝，便和母亲永别了。女儿这件事，肯定成了母亲的遗憾。音子也没像母亲说的那样，把大木看作是毒药。即便在有铁格窗的病房里，也没有恨过大木。只因思念，令她心智错乱。音子想死，喝过烈性毒药，但很快便清除得一干二净，体内没留下一点儿痕迹。倘或认为大木年雄和他未出世的孩子，已从音子的体内清除殆尽，固然未尝不可，即便留下些许痕迹，也无伤大雅。其实，音子心里对大木的爱，既未消失，也未淡薄。

唯有时间在流逝。对一个人来说，时间之流，是不是仅此一条呢？一个人的时间，会不会分向几处流去？好比河流，时间这条河，在人生里，时而流得快，时而流得慢，时而停滞不动。对众生而言，同速流逝的唯有上天，而千差万别，不能同速流逝的，则是众生。时间的流逝，对于众生来说是一律平等的，而众生则在各自不同的时间中流逝。

十七岁的音子已经四十了。可在音子的心里，大木所占据的一角，是不是时间停滞不流了呢？或者也可以说，像落花随流水，无止境地漂流一样，音子也随内心中的大木一起，在时间中流动。在大木的时间之流中，音子是如何流动的，音子自己并不清楚。大木尽管不会忘记音子，音子虽与大木同时流动，但至少，他俩的时间之流，恐怕是不会一样的。纵然是现在相恋的情人，两人的时间之流也有所不同，那是命中注定，无法摆脱的。

今天音子醒来，也与每天早晨一样，先用指尖轻轻地揉一揉额角，然后再摸摸脖子和腋下。湿漉漉的。连天天更换的睡衣，也好像浸上了皮肤中渗出来的汗湿。

庆子喜欢音子身上这种汗湿，觉得肌肤更加滑溜好闻，所以常要帮着音子脱内衣。而音子却极其讨厌汗臭。

可是昨晚，庆子过了十二点半才回来，躲着音子的视线坐在那里，两腿也没个坐相。

音子躺在床上，用团扇遮着天花板上的灯光，瞧着挂在墙上的四五张婴儿素描。仿佛全神贯注在上面，只朝庆子看了一眼，说：

"你回来了。这么晚！"

在产院里，那个八个月的早产儿没给音子看过。只听说头发长得黑黑的。音子问过母亲，孩子长得什么样，母亲说：

"是个很可爱的孩子呢。似乎挺像音子的。"

音子也知道，这不过是安慰自己罢了。再说，音子从没见过刚生下来的婴儿。这几年照片倒是见过，好像都很难看。令人意外的是，呱呱落地时的照片，甚至脐带还与母体相连的照片，也并非没有，只是很瘆人。

所以，音子想象不出来，自己亲生婴儿的模样和姿态。仅是心中的幻象而已。音子自己也十分清楚，《婴儿升天图》中的婴儿，长相绝非八个月早产死的婴儿，而且，她也不打算画成写实的。音子只是衷心企盼，在绘画里，对那尚未成形即已逝去的东西，表示自己的哀怜与爱惜之情。这一企盼，是她多年的夙愿，作为憧憬与幻想，一直藏在心底。每当悲哀的时候，心中所想的，便是对这死去的婴儿的幻想。自己能够活到今天，要借这幅画予以象征。同大木相爱的那爱之美丽与悲哀，也须在这幅画里表现出来。

可是，婴儿的面庞，音子却怎么也画不好。圣母怀中的基督以及小天使的像，音子当然见过，他们大多形象鲜明，像个小大人，或者是纯属虚构的圣人面孔。音子想画的，并不是那种强烈而鲜明的脸。那是今生与来世都没有的，在朦胧的梦幻中，有背光辉映的灵魂。他的形象，是能让人人都变得亲和温柔的小精灵。然而，画像本身却蕴含着无限的悲哀。但在画法上，音子又不愿意流于抽象。

对于脸部，音子抱着这样的期望，那么，婴儿不足月的小小身躯，又该怎么画好呢？怎么设置背景和点缀才妥当？音子一再翻看雷东和夏加尔的画册。夏加尔那天真乐观的幻想，诱发不出音子东方式的灵感。

音子的脑海中，又浮现出古时的《稚儿太子图》，比西洋画还要鲜明。——稚儿太子的图像，是根据弘法大师传里的故事画的。画面上，年幼的大师，梦中坐在八个花瓣的莲花内，正与佛陀谈话。稚儿太子端坐于莲花上的姿态，已成固定的样式。在最早的画里，太子的形象极纯洁无瑕，时代愈往后，愈趋于艳丽妩媚，有的人甚至会错把"稚儿"看成美少女了。

五月的满月祭那晚，庆子说"您画我吧"；音子曾想，照稚儿太子的样子，画成一幅古典式的《圣处女像》。之所以起这念头，是不是当时心里想到了《婴儿升天图》呢？这纵然不错，可后来音子又生起新的疑窦。就是说，音子画死去的婴儿也罢，或者画庆子也罢，构思的时候都先想起《稚儿太子图》，这固然说明音子对这幅画十分倾心，但是她也怀疑，这会不会是自己孤芳自赏，过分自负的一个迹象呢？在稚儿太子身上，音子看到的难道不是她憧憬中的自画像吗？实际上，无论在死去的婴儿的画里，还是在庆子的画里，不都暗含着音子自画像的夙愿吗？她幻想中的稚儿太子式的圣幼儿像，圣少女像，圣处女像，岂不只能是幻想中的圣音子像！这个疑窦，好似一把尖刀，音子不由自主，亲手扎进了胸口。但她没有进一步剖开胸膛去看。她拔出了利刃，留下伤痕，时时作痛。

音子当然无意照搬《稚儿太子图》的样式，去画死去的婴儿或是庆子。虽然如此，构思这两幅画的当初，稚儿太子首先浮现在眼前，所以，不论哪一幅，音子要画的时候，稚儿太子总不免会藏在她的心底。《婴儿升天图》《圣处女像》，从画的标题，就能感觉得到，音子想用自己的画，对死去的婴儿和庆子的爱，予以净化，甚至使之神圣化。把庆子的肖像画题为《圣处女像》，音子有些难为情，曾和庆子开玩笑说，题为《一个抽象派青年女画家》，是不是更有意思？不过，庆子的画，在今天的意义上，能否算作抽象画一类，音子并未认真想过。但是那天晚上，她说，要满含爱心，画成佛画那样，倒是当真说的。

庆子初次来音子这里时，曾把音子母亲的肖像画，看成是音子美丽的自画像。后来母亲的画像仍一直挂在墙上，看到画像，与其说音子有时会想起庆子的看法，毋宁说是忘不了庆子出此观感所说的话。把母亲画得既年轻又美貌，以至于将母亲的肖像画看作是音子的自画像，那是音子出于对母亲的怀念，但也说不定，画中实已流露出音子的孤芳自赏。那恐怕不纯是因为音子与母亲长得相像的缘故。也许音子一边画母亲，一边也在画自己。

对于画家来说，不论静物画，抑或风景画，一切绘画，不言而喻都是画家心灵的自画像，性格的自画像，即画家的自我表现。就音子而言，画母亲的肖像，自会流露出骨肉的亲情与甜蜜的悲哀，那倒正成了音子自己的画像了。若说甜蜜，《稚儿太子图》不能说不甜蜜。比《稚儿太子图》更杰出的佛画或仕女图，日本的古画中也多得很。而音子之所以特别想起《稚儿太子图》来，或许是因为幼儿像端庄秀丽之故吧。此外，会不会因为画像既虔诚又不乏甜美之意呢？并不信奉弘法大师的音子，难免无意中把自己的那份孤芳自赏，那种自负，寄托在稚儿太子的画像上。画像的甜美，自能容纳她的悲哀。

音子至今仍在爱大木年雄，爱死去的婴儿，爱自己的母亲。这种种爱，同当时那一切都还触手可及的现实相比，难道就一直毫无变化吗？那爱的本身，有没有在不知不觉中，变成音子的自恋呢？当然，音子自己并未发觉。既没有怀疑过，也没有自问过。音子与婴儿死别，同大木生离，又与母亲死别，他们虽然至今仍活在音子心中，其实，活在她心中的，并不是他们，而是音子自己。音子心中大木所在的一隅，恐怕还不能说，时间之流停滞不动了吧？音子的时光，是随着心中的大木一起流逝的。这一来，对大木爱的回忆，便染上了音子自恋的色彩，或者说已化成了自恋。音子没去想过，往日的回忆，或是妖魔鬼怪或是饿鬼亡灵。十七岁被迫与大木分离，直到四十岁的今天，音子既没再恋爱，也没想结婚，作为单身女人，她珍重并爱惜那段令人悲哀的爱的回忆，也许是顺理成章的，可她的爱惜之情，带上自恋的色彩，恐怕也是自然而然的。

音子沉溺于这个同性的女弟子庆子。尽管是庆子先缠上身来的，但是，难道那不也是音子孤芳自赏，过分自负所取的另一种形式吗？否则，庆子说：

"先生，您画我吧……趁我还没变成您所谓的妖妇之前……求您了，裸体也行。"音子也不至于要斟酌，是照佛画那样画庆子呢，还是照稚儿太子的样子？抑或是把她画成坐在莲花上的"圣处女"一类？把庆子画成那样的少女，岂不正是音子想借以净化自己，使人怜爱吗？爱恋大木的十六七岁的少女，一直在音子的心里，似乎没有长大。但音子却没意识到，也没动脑筋去想过。

音子对自己身上的气味，特别是汗臭，有种洁癖，而京都的夜晚，闷热难当，像今早这样，皮肤上的汗渗在睡衣上，一旦醒来，会立即离开被窝的，但她依旧拥枕面壁，对昨晚看过的婴儿素描，又盯着瞧了一会儿。八个月早产的婴儿，虽然在世上只活了短暂的一瞬，音子却想把他当作未能出生在世上，未曾活在人间的孩子，也即当作精灵之子，来画这幅《婴儿升天图》的。所以，素描很难把握，也无法定稿。

庆子背对着音子，还在酣睡。夏天用的麻布薄被，褪到胸脯下面，被头则裹在腋下。因为是侧着睡的，两腿虽没有放肆地叉开，脚脖子却伸到了被外。庆子穿和服的时候居多，不大穿高跟鞋出门，所以脚趾细长而直溜。脚形算得上秀气周正一类。但细细的脚趾，骨头似乎很长，音子觉得好像与自己的不同，因此，对庆子的身体，尽量避免朝她脚趾那里看，这已经成了习惯。如果不去看，就把她的脚趾握在手里，会出奇地感到一种惬意，觉得是从前自己身上所没有的。甚至像握着一个与人不同的生物的脚趾似的。

庆子身上有股香味儿。以一个年轻女孩儿来说，这香水味似乎太浓了。庆子偶尔用这种香水，音子当然知道，但昨天，庆子为什么巴巴儿地要用它呢？音子不禁纳闷。

昨儿晚上，庆子过了半夜才回来，她究竟上哪儿去了，音子并没怎么过问。因为一心只顾瞧着墙上挂的婴儿素描来着。

庆子也没去浴室擦擦身，便匆匆忙忙钻进被窝睡了。音子还以为庆子睡着了，说不定倒是她比庆子先睡着的。

音子一起来便绕到庆子的床铺那头，薄明之中，俯身看了看庆子的睡容，然后拉开木板套窗。庆子起床一向利落，早上即使比音子后醒，只要音子拉套窗的声音一响，马上起来帮忙。可今早，庆子却在被窝里抬起半个身子，光看着音子动。等拉门和套窗全都打开了，音子回到屋里时，庆子一边说："对不起，先生。昨晚儿都快三点了还没睡着……"一边站起来，先收拾音子的床铺。

"是因闷热，睡不好？"

"嗯……"

"睡衣别收，要洗的。"

音子夹着睡衣到浴室擦身去了。庆子也到浴室的洗脸池那里，好像匆匆忙忙地刷了牙。

"庆子，你也洗个澡吧。"

"唉。"

"昨儿你连香水都没洗掉就睡了。"

"是吗?"

"什么是吗?"看着庆子心不在焉的样子，音子不放心地问，"你昨晚儿上哪儿去了?"

"……"

"洗洗吧，不难受吗?"

"嗯，回头再洗……"

"回头再洗?"音子盯住庆子。

音子从浴室出来，庆子正拉开衣橱的抽屉，在挑衣裳。

"庆子，你要出去?"音子声音严厉起来。

"是。"

"跟谁有约会吗?"

"嗯。"

"谁?"

"太一郎少爷。"

音子一时没明白过来。

"是大木先生的太一郎少爷。"庆子毫不示弱，明确地回答。只省略了"儿子"一词。

"……"音子一时哑然。

"太一郎少爷昨儿到了京都，我去伊丹机场接他来着，说好今儿个陪他逛京都。也许是请他陪我逛呢……先生，我什么都不瞒您。今儿先去二尊院，还要去看陵墓。"

"陵墓？……"音子问，自己从来没听说过。

"是的。"

"是吗？"

庆子一边脱下睡衣，赤裸的后背朝着音子，一边说：

"还是得穿长衬衣吧。今天大概要热，可仅贴身穿件衬衣，太不成体统了，是不是？"

音子默默地看着庆子穿和服。

"带子要系得紧一些……"庆子把手绕到后背，使劲地拉。

音子从镜中看见庆子薄施脂粉的脸庞，庆子似乎也看见了音子映在镜中的面孔，说：

"先生，别那么板着脸呀……"

音子霎时回过神来，想尽力缓和一下不悦的神情，但脸上依旧很不自然。

庆子对着三面镜边上的一面，用手指抿好耳朵上边的头发。耳形很漂亮，这是庆子化妆完毕最后的修饰。她刚站起身，又跪了下去，拿起香水瓶。

"你身上不是还留着昨天的香水味吗？"音子紧蹙眉头。

"不碍事的。"

"庆子，你好像心神不定似的。"

"……"

"你为什么要去见他？"

"他说要到京都来，而且连飞机到的时间都告诉我了。"

"……"

庆子过来，把方才挑出来的三件单衣中，剩下没穿的两件马马虎虎叠了叠，塞进衣橱里。

"好好叠一叠再收起来。"音子说。

"唉。"

"重叠一下。"

"唉。"可是，庆子对衣橱压根儿看都不看一眼。

"庆子，你过来！"音子厉声地叫她。

庆子坐到音子面前，直视着音子。音子倒躲开视线，言不由衷地说：

"早饭也不吃就去吗？"

"昨晚吃得很晚，早饭不吃了。"

"昨晚？"

"嗯。"

"庆子，"音子郑重地说，"见了面，你打算怎么办呢？"

"不知道。"

"是你想见他的吗？"

"是的。"

"是你想去见他的，对吗？"从庆子那神不守舍的样子也能明白，音子似在给自己一个确认，"为什么呢？"

庆子没有回答。

"不见他不行吗？"音子眼睛看着自己的膝盖说，"我不愿意你见他。别去见他吧。"

"为什么？这同先生有什么关系？"

"有关系。"

"您又不认识太一郎少爷。"

"去过了江之岛的旅馆，你那样还好意思见他吗？"

音子责备庆子，跟父亲去旅馆开房间，又急急要跟儿子幽会。只不过"大木先生"或"太一郎少爷"的名字，音子避而不说罢了。

"大木先生虽然是您从前的情人，但太一郎少爷您并没见过，跟您可没关系。他只是人家大木先生的儿子嘛。"庆子说，"又不是您的儿子。"

"……"

庆子的话刺伤了音子。她想起十七岁时怀了大木的孩子，早产死掉了；后来，大木的妻子又生了一个女孩儿。

"庆子！"音子喊道，"你，在勾引他吧？"

"是他告诉我飞机时刻的。"

"去伊丹接他，还陪他一起逛京都，你和他有那样的交情吗？"

"真烦人，先生。什么交情不交情的。"

"不是交情，是什么关系？……"音子苍白的额上沁出冷汗，用手背抹了一把，"你这人太可怕了。"

庆子的眼睛越发放出妖艳的光芒。

"先生，我呀，顶讨厌男人了……"

"别去了。我要你别去了。要去见他，就甭回来。走了，就别再回到我这儿来。"

"先生！"庆子有些眼泪汪汪的样子。

"你究竟想对太一郎做什么？"音子放在腿上的手直颤，口里头一回说出"太一郎"的名字。

庆子霍地站了起来，说："先生，我走了。"

"别去！"

"先生，您打我吧。像到苔寺那天一样，再打我吧……"

"……"

"先生！"庆子站在那里，但一转身走了出去。

音子忽地感到浑身冷汗涔涔，一动不动地望着院里的方竹，竹叶在晨光中辉映。她朝浴室走去。水龙头大概开得太大，水声把她吓了一跳。慌忙拧小水龙头，水流放得很细。擦了擦身子，略微平静一些。但脑子里仍有一处发紧，便用湿毛巾捂在前额和后颈上。

回到屋里，在看得见母亲肖像和婴儿素描的地方坐了下来。一种自我嫌恶的感觉直透后背。那种自我嫌恶的感觉，虽来自与庆子的共同生活，但扩展而为自己整个的存在，与其说是感到悲哀，毋宁说感到可耻，她失去了力量。活到今天，究竟为了什么？为什么要活着？

音子想呼唤母亲。蓦地脑海中浮现起中村彝的《老母像》。《老母像》是这位画家一生最后的作品。这幅画印在了音子的心上。音子只在画册里看过这幅画，没有见到原作，无法准确理解，可是，音子是倾注了自己的感情，去看这幅画的照片的。

音子从抽屉里取出中村彝的画集，将《老母像》同母亲的肖像加以比较。音子把母亲画得很年轻，不是老母像。是母亲先去世的，所以也不是绝笔。母亲的肖像中，没有流露一丝死亡的阴影。而且，西洋画和日本画虽然不同，把《老母像》的照相版摆在面前，音子一目了然，自己所画的母亲像那么肤浅，不禁闭上眼睛。她用力闭得更紧。脸上的血色似乎也在消退。

音子画母亲的面容时，一心只顾沉湎于对亡母的眷恋。只觉得母亲又年轻又貌美。那似乎是音子的祈祷。倘如中村彝的《老母像》中，也有画家临死时的祈祷，那么音子的画，该是何等的浅薄幼稚！音子的一生，岂不也是这样吗？

音子的画，不是直接看着母亲画的。是母亲死后，照着相片画的。画得比相片还年轻美丽。音子有时一边画，一边照镜子，看看自己那张与母亲相似的面庞。画得幼稚而美丽，那是当然的。不论如何，母亲的肖像画里，没有寓以深刻的灵魂。

提起照片，音子想了起来，来到京都以后，母亲未曾单独拍过照。那次杂志的卷首要刊用音子的照片，杂志社的摄影家专程从东京来，希望还拍一张音子与母亲的合影，母亲逃掉了，简直像躲起来一样。如今音子刚意识到，那不也是母亲悲哀的流露吗？母亲好似隐姓埋名忍辱偷生似的，带着女儿搬到京都，与东京的亲人几乎断了来往。音子并非没有隐姓埋名的想法，但她来京都时只有十七岁，跟母亲的孤独与离群索居毕竟不同。她与大木的爱情，虽令她伤心欲绝，却一直还拥有这份爱。这也与母亲不同。

音子心想，母亲的像是不是该重画一张呢？她审视母亲的肖像画，再去审视中村彝的《老母像》。

音子觉得，庆子去会大木太一郎，仿佛远离自己而去。止不住心里乱成一团。

今早的庆子，嘴上也没像平时那样，口头禅似的说要"报仇"的话。倒是说了一句，她讨厌男人，但这不能当真。用一个牵强附会的理由，说什么昨晚吃得晚了，连早饭也等不及便出了门，看来她是自相矛盾。庆子要对大木的儿子做什么呢？两人会怎么样呢？二十四年来，自己一直生活在与大木的爱的罗网之中，应该怎么办才好？音子简直坐立不安了。

音子没能拦住庆子去会太一郎，此刻去追庆子，自己也去见太一郎，说不定能避免发生什么危险。但是他们在哪里会面呢？太一郎住在什么地方呢？音子却没听庆子说起过。

湖　水

　　庆子到了木屋町的"房记"茶楼，太一郎已换上外出的西服，正在凉台上。

　　"你早！昨晚休息得好吗？"庆子走近太一郎，靠着凉台的栏杆。

　　"是在等我吧？"

　　"我老早就醒了。听见河水声，引得我躺不住便起来了。"太一郎说，"我看到东山日出了呢。"

　　"那么早？……"

　　"嗯。不过，山离得太近，不大像日出。只是随着太阳升起，东山上愈发一碧澄明，鸭川的水，在晨光中波光粼粼……"

"你就一直看着这些？"

"眺望对岸的街市，居民起来忙忙碌碌，好有趣呢。"

"那你没休息好吧？这家旅馆不行是不是？"随后，庆子又悄声低语道，"你没睡好，要是为了我，我该多高兴……"

"……"

"难道你不肯说是为了我？"

"是为了你呀。"

"让我逼得没办法了才说的，对吗？"

"可是，你睡得很好吧？"太一郎看着庆子的眼睛问。

庆子摇摇头，说："不好。"

"看你的眼睛，睡得很好嘛。像点着两盏明灯，闪闪发亮……"

"那是因为我心里有一盏明灯呀。是因为太一郎少爷。即使一夜两夜不睡，眼睛也是乐意的。"

庆子那闪亮的星目，柔和而温润，凝视着太一郎。太一郎拿起庆子的手。

"好凉的手。"庆子悄悄地说。

"好暖和的手。"太一郎说着，挨个儿摩挲庆子的手指，那么柔嫩，直透心底。纤细得简直不像是人的手指，在太一郎的手里好像要化掉似的。轻而易举不就咬断了吗？太一郎真想把庆子的手指含在嘴里。从这手指上，能感觉得出女孩儿的柔弱。而且，庆子侧面那漂亮的耳朵和修长的脖颈，就近在眼前。

"用这样细的手指去画画？"太一郎把庆子的手指举到嘴边。庆子看着自己的手指，泪眼盈盈。

　　"庆子，你难过了？"

　　"我是高兴呀。是乐极而生悲……今早，不论你摸我哪儿，我都会流泪的。"

　　"……"

　　"我觉得好像有什么事要结束了。"

　　"是什么？……"

　　"你坏，问这事！"

　　"那不是结束，而是开始。凡结束，必有开始，不是吗？"

　　"可是，结束归结束，开始归开始……这是两回事呀。女人这样想，就会新生为另外一个女人。"

　　太一郎想把庆子搂过来，摩挲庆子手指的手反而松了开来。庆子软软地靠在太一郎身上，太一郎抓住了凉台的栏杆。

　　下面河边上，传来尖利的犬吠声。一位中年女人，像是这一带店家的人，领着一只小猎狗，碰到一只大秋田犬，于是小猎狗猖猖狂吠起来。秋田犬压根不予理睬。牵着秋田犬的年轻人，样子像是小饭馆的厨师。中年女人蹲下去，抱起小猎狗。小猎狗在她怀里挣扎，仍叫个不止。女人转身背朝着秋田犬，小狗便像对着太一郎和庆子叫似的。中年女人按住小狗的头，仰脸看着凉台，讨好地笑了笑。

　　"真讨厌。清早遭狗叫，今天不吉利。我顶讨厌狗了。"庆子躲在太一郎的背后说。狗不叫了，她仍不动，把手轻轻搭在太一郎的肩上。

"太一郎少爷，见到庆子高兴吗？"

"高兴。"

"能有我这么高兴吗？……恐怕没我这么高兴吧？"

"……"太一郎没想到，庆子口中会说出这种十足女人味的话，而随着庆子的话语，一股年轻女人的芬芳气息，直冲太一郎的脖颈。庆子的胸脯，也似乎轻轻挨到太一郎的后背。虽然不是紧紧贴上来，但胸背之间，没有一点缝隙。软软的，一种温馨之感传了过来。庆子已属于自己，这种感觉在太一郎的心中弥漫开来。庆子已不是一个异乎寻常、不可理解的姑娘了。

"我多想见到你，你是不会知道的。我还以为，不去北镰仓就见不到你呢。"庆子说，"能这样，真是不可思议。"

"是不可思议。"

"我说的不可思议，是指天天想着你，虽然隔了这么久才见面，却觉得像是常常见面一样，这真是不可思议。你大概早把我给忘了。要上京都来，这才忽然想到我，是不是？"

"庆子说出这种话，才叫不可思议哪。"

"真的？那你偶尔也想起我来？"

"每当想起你来，在我，尽管多少总有些痛苦。"

"哟！为什么？……"

"由你，总会联想起你的先生吧。于是也就想到家母年轻时的痛苦了。那时我还不懂，不大清楚。不过，家父在小说里写得很详细。书里写着，家母抱着婴儿的我，黑夜里在街上彷徨，饭碗从手里掉下去，她哭倒在地。也许抱得不舒服，家母走出家门，婴儿的我仍哭个不停，哭声越传越远。连孩子的哭声，家母都听不见。据说家母的耳朵听不见，牙根也松动了。当时家母才二十三四岁呢。可是……"太一郎有些吞吞吐吐。

"可是，家父描写上野先生的小说，至今还很畅销。要说是讽刺呢，的确也是个讽刺，那本小说多年的版税，贴补了一家的生计，还贴补了我的学费和妹妹的嫁妆。"

"那不挺好吗？"

"事到如今，再计较也没用了，不过，想想也很奇怪。小说把家母写成嫉妒得发狂，丑恶不堪。我这做儿子的，很讨厌那本小说。再说，小说还出了文库本。至今，每次增印，出版社都送印数检验证来。而五千、一万地盖图章的，则是家母。家母已人到中年，为了一本把自己写得丑恶不堪的小说再次增印，竟会满不在乎地咚咚往上盖章。"

"……"

"对家母来说，也许风波已经过去。家庭重又风平浪静……作为小说作者的妻子，世人本该蔑视家母才是，可是看起来，反倒挺受尊重。真是怪事。"

"因为是大木先生的太太嘛。"

"可是，你的先生，至今不是还生活在那本小说里吗？也没有结婚……"

"可不是嘛。"

"这事也不知家父家母是怎么想的。在他们的生活里，似乎把上野音子这个人全忘了。有时一想起，我也在享用那本小说的版税，心里好难受啊。牺牲了一个十六七岁的少女的一生……你说为上野先生，还要向我报仇……"

"好了，别说了。我的仇已报完了。"庆子的脸颊贴在太一郎的脖子上，"我是我。"

"……"

太一郎转过身，抱住庆子的肩膀。

庆子小声说：

"我挨上野先生说了，叫我甭回去。"

"为什么？……"

"因为我说要来见你。"

"你说啦?"

"说啦。"

"……"

"先生说，我要你别去。要去，就甭回来……"

太一郎松开庆子的肩膀。忽然发现，对岸的街上，来往的车辆多了起来。东山的颜色也变了，深绿浅绿已判然分明。

"我不该说是吗?"庆子探询地察看太一郎板着的脸。

"不。"太一郎顿了一下，说，"这不有点成了我替家母向上野先生报仇吗?"

说着，太一郎从凉台进了房间。

"替令堂报仇？……我做梦都没想到哩。你说话真莫名其妙。"庆子跟在太一郎的身后说。

"走吧。不，你还是回去的好。"

"哟，真忍心！"

"这次是我这个儿子出来，代家父打扰上野先生的平静了。"

"是我不好，昨晚说什么要报仇的。别见怪。"

在旅馆前，叫了一辆出租车，庆子也乘了上去，太一郎觉得这是理所当然的。可是汽车开过一条条街道，直到二尊院，一路上这么久，什么话也没说。

"把窗子全打开好吗？"问过这句话后，庆子也默然不再作声。只是把手按在太一郎放在膝盖的手上，敲着食指。庆子的手没出汗，但有点潮。

二尊院的山门，作为一座城门，煞是气派。

"瞧这太阳，今儿个要热的。"庆子说，"我这是头一回进二尊院……"

"定家的情况，我稍微查了一下……"太一郎一面登上山门的台阶，一面回头去看庆子的脚下。庆子和服的底襟在款款摆动。

"他肯定在小仓山的山脚住过。但号称时雨亭的山庄，遗迹却有三处，哪一处是真的，目前似乎还没弄清。挨着二尊院的后山，旁边是常寂光寺，然后是厌离庵……"

"厌离庵，先生也带我去过。"

"是吗？那座庵里，有一口井吧？定家写《小仓百人一首》时，据说就是用那口井的水研的墨。"

"不记得了。"

"很有名的井水呀。"

"真用过那口井的水吗?"

"定家相当于诗歌之神，在他名下会编出许许多多的传说吧。"

"定家的墓也在二尊院的山上吗?"

"不，定家的墓在相国寺。"

"……"

太一郎发现，庆子对藤原定家几乎一无所知。

方才车过广泽池，望着对岸的松山，山容秀丽，倒映水中，在太一郎看来，嵯峨野所蕴含的千年历史与文学，已化为风景而存在。

野山的景致，诱发了太一郎思古的幽情，尤因有庆子相伴更觉情满于怀。他深感，这才真正到了京都。

可是，庆子今早是跟音子吵了架出来的，这姑娘激动的情绪，想必会在美景中得到缓和吧，太一郎心里寻思着。想到这里，便去看庆子。

"别那么奇怪地瞧着我……"庆子的眼睛忽闪着，伸出了手。太一郎轻轻碰了碰她的手说：

"是奇怪啊。居然能跟庆子一起，在这样的地方走……这是什么地方呢？"

"是什么地方呢？这个人是谁呢？"庆子握住太一郎的手指，使劲攥着，"我不知道哇。"

山门内，宽阔的参拜路上，松影匝地。路两旁是美丽的红松，枫树夹杂其间。地上，松树枝头的影子静静的。随着庆子的走动，松影才在她白色的和服与面庞上摇曳。枫枝低垂，几乎要碰到头顶。

路的尽头连着石阶，等看到石阶上的瓦顶泥墙时，也听到了水声。拾级而上，沿墙左拐，水从墙角流了下来。墙上随便开了一扇门。

"一个人也没有！"庆子站在石阶上面的门口说。

"在名刹古寺当中，这儿来的人大概少吧。不过也奇怪得很。"太一郎也停下脚步。

小仓山展现在眼前。铜屋顶的正殿，一片肃静。

"左手那棵树挺美吧？是棵细叶冬青的古树，号称西山的名树呢。"说着，太一郎走到树前。细叶冬青老节累累，从根到梢，树节突兀的枝丫伸展开来，绿叶郁郁葱葱。树枝虽都不长，却强劲有力。

"我喜欢这棵古树，所以记得很清楚。有好几年了吧，没这样看这棵树了。"

太一郎只顾说细叶冬青树，对正殿悬挂的御笔钦赐的匾额"小仓山"和"二尊院"，以及二尊院寺名的由来等，却未加说明。

来到辨天院的右面，太一郎仰望高高的石阶说：

"你能上去吗？穿着和服……"

庆子微微露出齐整的牙齿，摇了摇头。

"我可上不去。"

"……"

"要你拉着我的手，再背着我。"

"那就慢慢上吧。"

"是在这上面吗？"

"是的。实隆的墓须登上石阶，在最顶上。"

"你是为了这座墓才来京都的。才不是来看我的哪。"

"是啊，一点不错。"太一郎松开庆子的手，"我一个人上去，你在下面等我吧。"

"我上得去！这几级台阶算得了什么，你就放心吧……哪怕上到小仓山顶上，不回来都不要紧。"说完，庆子拉住太一郎的手，开始登石阶。

石阶好像不大有人走，一级一级古旧的石阶，从根上长出了一些青草，旁边开着一些小黄花。上到石阶旁有一排排墓碑的地方时，庆子问：

"是这儿吧？"

"不，还在上面。"太一郎答道，然后走向旁边的墓地，说，"这三座石塔都很精彩吧？叫三帝陵，石刻艺术十分出色，相当有名。"

庆子也颔首观赏。

"时代的痕迹已印在石上……"

"是镰仓时代的吗？"庆子问。

"嗯，是镰仓吧。对面那座十层石塔，据说原先是十三层宝塔，上面几层没有了。"

石塔典雅优美的格调，凭庆子绘画的天赋，自然能领悟通达。在这里，两手依然相握，庆子浑然忘了似的。

"这一带有许多公卿的陵墓，但像这样的石塔杰作，却只有三帝陵而已。"太一郎说。

从那里再往上登，到了石阶顶上，有个小佛堂。佛堂里，仅竖了一块高高的石碑，倒是很新颖别致。

但太一郎并不想看佛堂，径自朝佛堂右面那一排排墓碑走去。

"是这儿！三条西家的墓葬。右面边上这座，就是实隆的。"

庆子一看，一座高及膝盖简朴无华的墓边上，立块石头，刻着实隆的名字。隔壁的墓旁，也立着细细的石标，上面刻着一些字。

"像内大臣、右大臣这样的人物，陵墓会这么简陋？"庆子问。

"是的。唯其朴素，才获我心。"

倘若没有这些刻着名字与官职的石头，墓碑便与化野念佛寺中那片无主孤坟的墓碑毫无两样了。墓碑已长满青苔，古旧破败，加上泥土侵蚀，岁月流逝，已不成个形状。这些石碑，默然而立。因其默然，仿佛要倾听石碑窅远的低语一般，太一郎蹲下身去。两人的手握在一起，庆子也给拉着蹲了下去。

"这些墓，很平易近人吧？"太一郎的口吻，想使庆子也提起兴趣，"我正在研究实隆的生平。实隆长寿，活了八十三岁。实隆的时代，正值乱世，却把文化传统保存了下来，得到振兴。研究起来，真感趣味无穷。"

"因为你正在研究，所以对这墓才觉得亲切，对吧？"

"是啊。"

"你研究几年了？"

"三年，不，有四五年了吧。"

"从这座陵墓，你生发出什么灵感了吗？"

"灵感？哦，灵感？……"太一郎像在自问，猛地，庆子的胸脯倒在他腿上。太一郎晃了一下。庆子的两手，搂住他的脖子。

"在太一郎所珍重的墓前……好吗？"

"……"

"让这座墓也成为我的纪念……成为我珍贵的回忆……太一郎的心已被这墓迷住了。不再是坟墓了……"

"不再是坟墓了吗？"太一郎心不在焉地重复着庆子的话，"一座墓，倘历经数百年，便不称其为坟墓了……"

"你说什么？我听不见呀。"

"石头坟墓，的确也有失去坟墓的寿命之时啊。"

"我听不见呀。"

"耳朵离得太近了……"太一郎把嘴唇凑近眼前的耳朵。

"不，不，痒得很呀。"庆子摇着头说。

"……"

"气吹在上面，特痒。你坏！"庆子乜斜着眼睛，仰脸瞟着太一郎的面孔。庆子的脸斜着贴在太一郎的胸前。

"你这人，吹女人的耳朵，真讨厌。"

"我没吹。"

太一郎刚要笑，这才发觉，自己正抱着庆子的后背。手臂上，抱着庆子的感觉愈来愈强。大腿上，庆子的身子重了起来。但又是那么轻巧柔软。

因为太一郎正蹲着，是庆子把胸脯猛地倒在他腿上的，所以，太一郎的姿势不得劲儿。一会儿脚尖用力，一会儿脚跟用力，免得仰面摔倒。这么做，自己都没注意。

庆子搂着太一郎，袖子当然褪到胳膊肘那里。润泽滑腻的肌肤，紧紧贴在脖子上，太一郎感到了一丝凉意。

"哪里敢吹美人的耳朵呢。"大概是自己喘气太重了吧，太一郎心想，一面让呼吸平复下来，一面说。

"我耳朵怕风。"庆子轻声细语道。

庆子的耳朵很诱惑太一郎。太一郎用指尖捏了捏。庆子睁着眼睛，一动不动。太一郎便抚弄起她的耳朵来。

"宛如一朵奇妙的花啊。"

"是吗?"

"听见什么没有?"

"听见啦。那是……"

"那是什么?"

"是什么呢? 是蜜蜂停在花上的声音吧……不是蜜蜂, 也许是蝴蝶。"

"我只是轻轻摸了一下。"

"你喜欢摸女人的耳朵?"

"什么?"太一郎的手指停了下来。

"你喜欢是吗?"庆子依然温柔地轻声细语道。

"因为, 我从没见过这么漂亮的耳朵……"太一郎说得很勉强。

"我喜欢给别人掏耳朵。奇怪吧?"庆子说, "因为喜欢, 所以掏得好。待会儿给你掏掏吧?"

"……"

"一点儿风也没有。"

"是没有风, 只有阳光的世界啊。"

"可不。这样的日子, 一清早, 在古墓前, 由你抱着, 会让人留下回忆的。古墓织成回忆, 多不可思议呀。"

"古墓本就是为留下回忆才修的吧。"

"你的回忆一定很短暂, 转眼就会消失的。"

说完, 庆子一只手扶着太一郎的腿, 要站起来。

"难受死了。"

"你为什么以为转眼就会消失?"

"这么蹲着太难受了。"庆子想离开, 太一郎又把她抱了过去。嘴唇轻轻碰了她嘴唇一下。

"不行，不行，不行，嘴巴可不行！"

庆子厉声拒绝，使太一郎一怔。是要把嘴巴藏起来？庆子随即把脸紧紧贴在太一郎的胸脯上。太一郎去摸庆子的头发，摸到前额时，想从胸脯扳开一些，庆子却不肯。

"好痛哇！那么按我的眼睛，都要冒金星儿啦！"说着，庆子的脸终于抵不住太一郎的手劲儿。

庆子仍闭着眼。

"按你哪只眼睛啦？"

"右眼。"

"还痛吗？"

"好像还痛哪。眼泪没出来吧？……"

太一郎看了看庆子的右眼，眼皮上没留下什么红指印。太一郎情不自禁地俯下头，去吻庆子的右眼。

"啊！"庆子小声叫了一下，但没有拒绝。

太一郎的嘴唇，感觉到庆子长长的眼睫毛。

像碰到什么可怕的东西，太一郎挪开了。

"眼睛行吗？刚才说嘴巴不行……"

"哟，你使坏！我才不知道呢。你尽捉弄人！"庆子推了太一郎的胸脯一下，险些把他推倒，就势站了起来。白手提包掉在地上。太一郎拾起来，站起身，说：

"好大的包呀。"

"嗯，里面装着游泳衣。"

"游泳衣？……"

"不是说好了要去琵琶湖的吗？"

"……"

"右眼模模糊糊看不清呀。"

庆子从太一郎递给她的手提包里，掏出一面小镜子，照着眼睛说：

"倒还没红。"

用手指揉了揉右眼皮。发现太一郎正呆呆地瞧着自己，脸上唰地红了起来，眼睛不胜娇羞地低了下去。手指轻轻点了一下太一郎的衬衫，那里淡淡地蹭上了一点庆子的口红。

"怎么办呢？"太一郎抓住庆子的手说。

"怎么办也擦不掉的。"

"不是，这个嘛，扣上外衣扣子就遮住了。我是说，咱们现在怎么办？"

"现在？……"庆子侧着美丽的脖子，"不知道。我也不知道啊。"

"下午去琵琶湖好吗？"

"这会儿几点了？"

"十点差一刻。"

"还那么早？……瞧树叶像中午似的……"庆子环顾周围的树丛，"岚山就在附近吧。夏天去岚山的人可多哪，为什么谁也不上这儿来呢？"

"即使来二尊院，能上到这儿的人，恐怕也不多吧。"

太一郎掩饰地说，心里轻松一些，用手帕擦了一把脸上的汗。

"一起去看看时雨亭的遗迹好吗？说是有三处，哪一处是真的，我倒不想调查，就连二尊院这儿的，我也没去过。这儿我以前上来过两三次，看见过路牌子……"

去时雨亭的木头指路牌，在山后的山脚下。

"还要往上爬吗？"庆子仰起头看着山说，"好吧，哪怕到山顶，我也爬。不好走就光着脚。"

在一面分开树枝一面往上走的小径上，庆子的和服拂着树枝，簌簌作响，太一郎转过身，抓住庆子的手。

路随即分成两条。

"走哪边的呢？好像左边。"太一郎说。然而，朝左走的这条路，与其说是沿着山腰走，毋宁说是走在悬崖上了。太一郎有些游移。

"太危险了。"

"我害怕！"庆子的两手抓住太一郎的右手，"穿草屐太滑，会掉下去的。好嘛，朝右走吧。"

"朝右走？……我也不知时雨亭在右边还是在左边……右边倒像是上山的路。"

这条路隐藏在树丛里。太一郎被庆子柔软的手拉着往前走。忽然庆子站住了，说：

"你让我穿着和服，在这种树丛里走吗？"

低矮的树木遮住两人的身影，对面高高挺立着三棵松树。

松树之间望得见北山，北山之下匍匐着城郊。

"那是哪儿?"太一郎刚要指，庆子靠了上来。

"不知道。"

太一郎踉跄了一下。但随着庆子款款地倒下，太一郎也坐了下去。庆子给他抱着，用右手整理好凌乱的下摆。

太一郎把嘴凑近她的眼睛，庆子闭上了眼睛。他又把嘴从庆子的眼睛移到她嘴上，庆子没有躲。但她却把嘴巴抿得紧紧的，不肯张开。

太一郎抚摸庆子又嫩又细的脖颈，想把手伸进领子里面去。

"不行，不行!"庆子两手抓住太一郎的手。太一郎的手虽被抓着，手掌却隔着庆子的衣服，搁在她胸脯隆起之处。庆子的手又把太一郎的那只手，从胸脯的右边移到左边。蓦地，眼睛眯起一条缝，看着太一郎。

"右边不行。我不乐意。"

"什么?"太一郎有些莫名其妙，搁在庆子左胸上的手，一下子缩回来。庆子仍旧眯着眼睛说:

"右边，我会难过的。"

"会难过? ……"

"是的。"

"为什么?"

"我也不知道为什么，因为右边没有心吧。"说完，庆子羞答答地闭上眼睛，先从左胸把身子贴到太一郎的胸脯上。

"一个女孩子，没准儿哪儿会有点畸形。那点畸形要是没了，也会难过的。"

"……"

庆子在江之岛的旅馆里，不让太一郎的父亲摸她的左乳头，太一郎当然想不到。与当时相反，让做儿子的太一郎摸左边的，右边的不许摸，太一郎当然也无从知道。而庆子说，女孩子身上，没准儿哪儿会有点畸形，太一郎越发觉得她可爱而刺激。

但是，从庆子方才的话里，太一郎也听得出来，以前她让别的男人摸过她的胸脯，她的话就是明显的证据。这对太一郎倒更是个诱惑了。他稍微用了点力，双手抓着庆子的头发，吻了她。庆子的前额和脖子忽地冒出汗来。

两人慢慢散步来到了岚山。

在一个饭馆吃午饭。

"让您久等了，车来了。"女侍过来说。

太一郎险些"啊"地叫出声来，看着庆子。方才以为她是去化妆室，这才发现，原来是付账和叫车。

车进了城，快到二条城的时候，庆子突然说：

"想不到这么早就能去了。"

"去哪儿？"

"瞧你，心不在焉的……不是说好去琵琶湖吗？"

"……"

车从东寺前面驶了过去。这是一条向南绕的路。路的下方，有一段是鸭川，但已不像鸭川，水势湍急。路的前方有座山，司机说：

"好像是叫牛尾山。"

车从牛尾山的左面开过去，又越过东山的南麓。

左面，往下看去，湖水漫然一片。

"是琵琶湖！"庆子不容争辩地说，声音透着兴奋，"我终于把你带来啦。终于……是不是？"

比起庆子的声音，湖上的帆船、汽艇、游轮之多，更引起了太一郎的注意。

汽车开进大津这座古老的小城，从琵琶湖展望台向左拐，行驶了一段距离，然后驶入琵琶湖宾馆的林荫路。林荫路的两侧，停着成排的私家车。

庆子上车时，以及上车之后，并没告诉司机要去的地方，看来在饭馆叫车时，便吩咐过要来琵琶湖宾馆。太一郎很是惊讶。

宾馆的侍应生出来迎接，给他们开门，太一郎不得已，只好进去。

庆子没有看太一郎，径自朝服务台走去，直截了当地说：

"在岚山代订的，叫大木……"

"是，是，知道了。"客房管理人随后问，"是住一夜吧？"

庆子未置可否，默默地退到后面。意思是叫大木在住宿人登记卡上签名。要不要用假名，太一郎心里已顾不上去考虑，何况庆子已经说出"叫大木"，所以便写上真名，和北镰仓的实际住址。而庆子那栏，只在自己的名下填上"庆子"二字。写上"庆子"，太一郎感到稍微宽心一些。

侍应生拿着房间钥匙，站在电梯旁边，等候两人进去。其实不必乘电梯，房间在二层。

"房间真好……"庆子说。

是个套房，里间是卧室，外间一边是一览无余的湖水，一边可眺望与京都交界的山峦。房间的窗外环绕着红栏杆，墙壁与窗下的裙板，粗粗的玻璃窗框与窗棂，都显得古色古香，沉稳凝重。观景的玻璃窗有整面墙那么大。

女侍很快送来热茶，随即退出房间。

庆子站在面对湖水的窗前，两手拉着白花边窗帘的一端，没有回头。

太一郎坐在长沙发的中间，望着庆子的背影。庆子没穿昨天那套和服，只有腰带还和昨天去伊丹机场接他时的一样，是画着虹的那条。

庆子背影的左侧是湖水。帆船点点，风帆都朝着一个方向。白帆居多，也有红的、蓝的和紫的。一只只汽艇，溅起一片水花，拖着水的尾巴，向前飞驶。

汽艇马达的声音，旅馆游泳池的人声，院子里的剪草机声，在窗口都听得见。房间里还有空调的风声。半晌，太一郎似在等庆子开口。

"庆子，喝茶吗？……"说着，自己拿起桌上的茶杯。

庆子摇摇头说：

"你怎么什么也不说？为什么一声不响？你真忍心！太狠啦！"她晃着窗帘，身子也似在摇摆。

"这景色，你不觉得美吗？"

"美呀。可我觉得你的背影更美。你的后颈，你的腰带……"

"在二尊院的后山，你腿上的东西，还记得吗？"

"你问我还记得吗？……方才的事？……"

"那你准是在生我的气吧？一定很惊讶是不是？非常意外对吗？我就知道。"

"惊讶倒是很惊讶。"

"我自己都很惊讶我自己嘛。说起女人的拼命劲儿，可怕得很哪。"接着，庆子放低声音说，"因为可怕，你就不肯过来是吗？"

太一郎站起来走了过去，把手搭在庆子的肩上。随着他的手，庆子乖乖地走到长沙发前，依偎着太一郎坐了下来。低眉垂目，不看太一郎。

"给我喝茶。"太一郎拿起茶杯，送到庆子面前。

"用嘴……"

太一郎愣了一下，然后含了一口热茶，一点一点地从庆子的唇间灌进去。庆子闭起眼睛，仰着头，只是用嘴吮，喉咙咽，手脚和身子哪儿都不动。

"还要……"仍是一动不动地说。太一郎又含了一口茶，送进她嘴里。

"啊，真好喝。"庆子睁开眼睛说，"这会儿就是死掉我也情愿。这茶要是毒药多好……要完了，我要完了。你也要完了，完了。"

接着，庆子说：

"转过身去！"说着，把太一郎的肩膀转过去一半，脸贴在他肩胛上，温柔地搂住太一郎，去摸他的手。太一郎拿起庆子的一只手，五个手指从小指一只一只地摩挲着，瞧着。

"对不起。我恍恍惚惚的，没想到……"庆子说，"洗个澡就好了。我给你放水吧？"

"好吧。"

"冲个淋浴也成……"

"有汗味儿吗？"

"我喜欢。这么喜欢闻的气味，在我还是头一回呢。"

"……"

"不过，你还是喜欢痛痛快快洗一下对吧？"

庆子站起来，走进卧室，太一郎听见里面浴室里放水的声音。

太一郎正看游船在旅馆旁边靠岸，庆子兑好洗澡水回来。

……

太一郎身上出了汗，用肥皂好好洗了一下。

不料浴室里响起敲门声。会是庆子要进来？太一郎不禁缩起身子。

"太一郎少爷，电话。你的电话，来接一下吧……"

"电话？找我的？不可能。哪儿打来的？一定是打错了。"

"你的电话。"庆子只是这么叫他。

"奇怪。谁也不知道我在这儿啊。"

"不过，是找你的……"

太一郎不等擦干身体，披上浴衣便出了浴室。

"是找我的电话？……"满脸的狐疑。

看见两张床的枕边有电话机，太一郎正要走过去，庆子招呼说："在这屋。"

听筒已经摘下，放在电视机旁的茶几上。在太一郎拿起来放在耳边的工夫，庆子说：

"是北镰仓府上来的。"

"什么？"太一郎的脸色变了，"怎么会？又是？……"

"令堂在接电话。"

"……"

"是我打过去的。"庆子声音透着紧张，继续说道，"我说跟太一郎少爷来到了琵琶湖宾馆。还说，他已经答应同我结婚。希望得到你们的同意。"

太一郎透不出气来，只是瞅着庆子的脸。

庆子说的这些话，母亲当然听得见。刚才太一郎进了浴室，关上卧室的门，又关了浴室的门，再加上水声，庆子打电话的声音，自是听不见。把太一郎轰进浴室，敢情是庆子的诡计啊。

"太一郎，太一郎！太一郎在吗？"太一郎紧握手里的听筒，母亲在喊。

太一郎盯着庆子，庆子也不眨眼地盯着太一郎，她的目光闪闪发亮，仿佛能射穿太一郎，美极了。

"太一郎，太一郎在不在？"

"我是太一郎，妈！"太一郎把听筒贴在耳朵上。

"太一郎，是太一郎吧？"明知是太一郎，母亲又说了一遍，压低的声音忽然高了起来，"离开……太一郎，离开她！"

"……"

"那姑娘，是个什么人，你知道吧？你应该知道，对不对？"

"……"

庆子从背后搂住太一郎的胸脯。用脸蛋拨开太一郎搁在耳边的听筒，嘴巴堵住他的耳朵眼。

"妈妈……"庆子喊了一声，然后说，"庆子为什么给您打电话，您能明白吗？……"

"太一郎，你在听吗？是谁在听电话？"母亲问。

"是我呀。"

太一郎躲开庆子的嘴，把听筒按在耳朵上。

"什么话，真不要脸！太一郎在那儿，自己倒先开了腔……是她叫你打的电话吗？"母亲连珠炮似的说，"太一郎，马上回来！现在马上离开宾馆回来……她在偷听吧？听见也不怕。听见了倒好。太一郎，只要是她，你就得离开。她是个可怕的女人呀。我清楚得很，不会错的。不要再把我折磨疯了。这回，我会死掉的啊。还不单单因为她是上野音子的弟子哪。"

太一郎一方面有庆子的嘴吻在后颈上，一方面听着电话。庆子在他耳后悄悄地说：

"要不是上野先生的弟子，我还见不着太一郎少爷哪。"

"她是个害人精。我怀疑她是不是勾引过你爸。"母亲接着说。

"咦？"太一郎哼了一声，电话里几乎听不见，他想回头看庆子。庆子的嘴巴贴在太一郎的后颈上，太一郎转动脖子，庆子的脸也随着转动。太一郎寻思，一面让庆子吻着，一面听母亲的电话，这对母亲是极大的侮辱。但自己又不能挂断电话。

"等回到镰仓，再详细同您说。"

"是吗？马上回来，你不会跟她干出什么错事来吧？绝不至于要在那儿过夜吧，对不？"

"……"

"太一郎！"母亲喊道，"太一郎，你瞧瞧那个人的眼睛！再想想她说的话！她是上野音子的弟子，她会跟你说，要跟你结婚……你不想想，这是怎么一回事？你难道不认为这是害人精在害你吗？也许她平时不这样，对咱家来说，可是个害人精呀。妈最清楚了。这可不是妈胡思乱想。你这次去京都，妈就有种不祥的预感。她果不其然。你爸也说奇怪，脸色都变了。太一郎，你要不回来，我就跟你爸两人，马上飞到京都来。"

"知道了。"

"你知道什么呀!"母亲叮嘱道,"你回来是不是?真的回来?"

"嗯。"

庆子一转身,躲进里面的卧室,关上了门。

太一郎在窗前凝立,望着湖水。一架小型飞机,大概是游览观光吧,低低地从湖面上斜掠过去,渐飞渐远。许多汽艇,有的船头高高昂在水面上,颠簸奔驰;有的拖着水上滑板,滑板上站着女人。

游泳池里传来人声。窗下草坪上,躺着三个着游泳装的年轻女子。是故意躺在那地方的吧,好叫人从客房里看见那大胆的姿势。

"太一郎!太一郎!"庆子在卧室里喊道。太一郎一开门,见庆子穿了一件白游泳衣。太一郎不禁倒抽一口凉气,移开视线。游泳衣的白线仿佛看不见了,庆子那略呈小麦色的肌肤,辉然发亮。

"好美呀。"庆子朝窗边走去,穿着泳装的后背,整个露了出来,"山顶上的天空,多美!"

山顶上,空中的一道道光线,犹如金刷子用力刷过一般。

"是比睿山吧?"太一郎问。

"是比睿山呀。看着好像一柄长枪,扎进我们的命运,所以我才叫你过来。令堂的电话,怎么办?"庆子转过身,看着太一郎，"我倒希望令堂来这儿，令尊也来……"

"胡说什么！"

"真的呀！我是说的真话。"

庆子猛地扑在太一郎身上。

"你来呀！我要下水。下到冰凉的水里去。好吗？你不是答应过的吗？你还答应坐汽艇的嘛。去伊丹接你时不就说好了吗？"庆子靠着太一郎，像倒在他身上似的。

"你要回去？就凭令堂一个电话，便要回镰仓去？那会走岔路的。因为他们两位准会上这儿来……也许令尊不愿意来，但令堂会逼着他来的。"

"你有没有勾引过家父？"

"勾引？……"庆子把脸贴在太一郎的胸脯上，摇着头，"那我勾引你了吗？勾引了没有？"

太一郎的手臂搂着庆子赤裸的后背，说：

"不是说我，是家父。别打岔……"

"你才别打岔呢……我勾引你了吗？我在问你哪。你是不是以为只是我在勾引你？"

"……"

"自己怀里抱着女孩子，却问她勾引过他父亲没有，天底下竟有这种男人！有哪个女孩儿会遇到这种叫人心碎的事？"庆子哭了，"你要我怎么回答你？我，不如在湖里淹死算了……"

太一郎搂着庆子颤抖的肩膀，手碰到游泳衣的背带，把背带拉了下来。一边的乳房露出半个，另一边的背带也拉下来了。庆子挺起裸露的胸脯，晃了一下。

"不，右边的不行！饶了我，右边的，饶了我吧……"

庆子闭上泪眼，不停地说。

用一条大浴巾裹着胸背，庆子走出浴室。太一郎也随她从大厅的一侧来到院子里。眼前一棵高高的树上正开着白花，像是芙蓉。太一郎只脱掉外衣，摘下了领带。

来到面朝湖水的院子，左右两侧都是游泳池。右边一个在草坪中间，里面有很多孩子。左边一个在草坪边上，地势稍高。

在左边游泳池入口处的栅栏旁，太一郎站住了。

"你不进来吗？"

"不，我等你。"庆子的身体颇引人注目，与她做伴不免感到难为情，有些逡巡不前。

"是吗？我只想稍微泡一下。今年这还是头一回，看看我能不能游得好。"庆子说。

湖边的草坪上，一棵垂柳，一株垂樱，间隔着种了一排。

太一郎坐在一棵老糙叶树下的长椅上，望着游泳池。没有找到庆子，但过了一会儿，只见站在跳台上的，竟是她。跳台不高，庆子摆好姿势准备要跳，她身后是琵琶湖的水面，水的对岸是远山，衬托出她那健美的身影。远山笼罩着雾霭。水色渐浓的湖面上，若有若无，好似荡漾着一抹淡淡的桃红。不久，小船上的风帆，也染上一片静静的暮色。庆子跳了下去，溅起一片水花。

庆子从游泳池出来，租了一条汽艇，来叫太一郎。

"天快黑了，明天再来好不好？"太一郎说。

"明天？……你说明天？"庆子的眼睛炯炯有光，"你肯待到明天吗？你真打算留下来？……明天……谁知道怎么样？你说是不是？怎么样，只有一点，你得遵守诺言……就乘到那里，立即回来。在那片刻，我想跟太一郎离开陆地，漂在水面上。一往无前，穿过命运的波浪，沉浮于波浪之间。明天不知身在何处呢。唯有今朝。"庆子拽住太一郎的手，"不是还有那么多汽艇和小船吗？"

大约三小时之后。

上野音子从收音机的新闻里，听到琵琶湖上汽艇出了事故。驱车赶到旅馆时，庆子已给安置在床上了。

从收音机的新闻里，音子已经知道，庆子被救上了小船。音子一面进卧室，一面朝像是护理庆子的女侍问：

"是没苏醒过来？还是正在睡着？要不要紧？"

"啊，打了一针镇静剂，让她睡了。"女侍回答说。

"镇静剂……这么说已经救过来了？"

"是的。大夫说不用担心了。小船给送到岸上的时候，就像死过去一样。给她把水吐掉，做了人工呼吸，就缓过气来了。她喊着同伴的名字，像发疯似的闹腾……"

"她那个同伴怎么样了？"

"还没找到。正在尽全力寻找呢。"

"还没找到？……"音子的声音发颤了，退到面朝湖水的窗边，向外望去，夜空下，旅馆左面那一大片辽阔的水面上，灯火通明的汽艇，正匆忙地四处游弋。

"除了我们的汽艇，附近的汽艇全出动了。连警察的船也开出来了。岸上大概还点了篝火吧。"女侍说，"恐怕是没救了……"

音子抓住了窗帘。

任凭那灯光摇曳不定的汽艇穿行移动，有的游船点缀着一溜红灯，径自悠悠然向旅馆的岸边靠近。湖对岸，焰火腾空而起。

音子感觉出两腿在抖，从肩膀到胸口竟也战栗起来。游船上的装饰灯，在眼里直晃，身子也好像在摇晃。她站稳脚跟，转过身。卧室的门开着，便把目光投向庆子的床上，浑然忘记自己是刚从那间卧室走出来的，急忙又奔向庆子的枕边。

庆子静静地睡着。呼吸平稳。

音子反而有点不安，问道："就这么让她一直睡着？"

"是的。"女侍点头答道。

"几时能醒呢？"

"我也不知道。"

音子摸了摸庆子的额头。额头上有点潮乎乎的冷汗，沾在音子的手掌上。脸上刷白，没有血色。脸蛋儿倒隐隐透出一点红晕。

　　水里浸湿的头发，大概随便地擦了擦，蓬乱地散在枕头上。那么黑，好像还是湿的。嘴唇缝里，露出整齐的牙齿。两臂伸开，放在毛毯里面。庆子仰面睡着，那张娇憨的睡脸，打动了音子的心。她的睡脸，似在向音子，向生命告别。

　　音子伸出手，正要把庆子推醒，听见隔壁有敲门声。

　　"哎!"女侍出去开门。

　　大木年雄和他太太文子走进房间。一碰到音子的目光，大木便站住不动了。

　　"是上野，上野小姐吧?"文子说，"是你吧?"

　　音子与文子是头一回见面。

　　"让她杀死太一郎的，是你吧?"文子静静地说道，声音几乎不带一点感情。

　　音子只是嘴唇动了动，没有出声。一只手挂在庆子的床上，撑着身体。文子走了过来，音子缩起肩膀，好像躲着她似的。

　　文子两手放在庆子的胸上，一边摇晃一边喊道:"起来!起来!"文子手的动作越来越粗暴，庆子的头也随着来回摇动。

　　"还不起来? 还不起来?"

　　"给她吃了药睡的……"音子说，"不会醒的。"

　　"我有事要问她。与我儿子性命攸关的大事。"文子还想把庆子摇醒。

"回头再问吧。很多人都在帮咱们找太一郎呢。"说完，大木紧搂着文子的肩膀，走出了房间。

　　音子痛苦地喘着气，倒在床上，凝视着庆子的睡脸。泪珠从庆子的眼角流了出来。

　　"庆子!"

　　庆子张开眼睛。泪光闪闪，仰望着音子。

(1961—1963)